LOVE, ALWAYS

DU MÊME AUTEUR

L'amour, évidemment, 2021

M.D. June

Love, always

Le Code de la propriété intellectuelle n'autorisant, aux termes de l'article L. 122-5, 2° et 3° a, d'une part, que les « copies ou reproductions strictement réservées à l'usage privé du copiste et non destinées à une utilisation collective » et, d'autre part, que les analyses et les courtes citations dans un but d'exemple et d'illustration, « toute représentation ou reproduction intégrale ou partielle faite sans le consentement de l'auteur ou de ses ayants droit ou ayants cause est illicite » (art. L. 122-4).

Cette représentation ou reproduction, par quelque procédé que ce soit, constituerait donc une contrefaçon, sanctionnée par les articles L. 335-2 et suivants du Code de la propriété intellectuelle.

Édition : BoD – Books on Demand,
12/14 rond-point des Champs-Élysées, 75008 Paris

ISBN : 978-2-322-40238-0

© M.D. June, 2021

– Prologue –

Trente ans plus tard, je me souviens encore comme si c'était hier de ce matin où j'ai pris la décision la plus importante de ma vie. Ce moment où tout a basculé, où j'ai décidé, dans un élan de vie désespéré, que l'amour était la seule chose à répondre à ce destin qui s'acharnait sur nous. Toujours. Sans faille. Sans doute.

Tout autour de moi, les arbres ont commencé à se parer de mille et une fleurs odorantes et colorées, égayant l'atmosphère encore légèrement voilée de ce début de printemps. Tout en marchant, peut-être en raison de cette odeur particulière, peut-être en raison de notre rencontre, qui a eu lieu jour pour jour trente années auparavant, je me remémore cet homme que j'ai aimé jusqu'à m'en rompre le cœur, cet homme que j'ai désiré et chéri ma vie durant. Ses yeux si profonds, ses mains fortes et douces à la fois, ses silences qui signifiaient tant.

Je venais juste d'arriver dans une nouvelle ville. Une ville froide et pluvieuse. Une ville grise et vivante à la fois. Une ville que je n'ai plus quittée, car chaque bâtiment, chaque rue, chaque arbre me le rappelle tant. Je ne pourrai plus vivre loin d'ici, loin de chaque parcelle de terre emplie des vibrations de notre amour. Trente ans plus tard, je me souviens…

– 1 –

31 Août. Trois jours que j'étais arrivée, trois jours que je me réveillais aux aurores. Cela allait être compliqué de suivre les cours sans m'endormir, déjà que j'avais du mal d'habitude avec mes batteries bien rechargées ! Il fallait que je voie le côté positif, au moins j'avais le temps de penser à ce que j'allais bien pouvoir faire d'intéressant aujourd'hui. Je regardai mon portable pleine d'espoir : est-ce que quelqu'un était sur internet pour me tenir compagnie ? Non, bien sûr, d'une j'étais la seule éveillée à cette heure, de deux mes anciens amis m'oubliaient sûrement déjà et ici personne ne me connaissait encore à part la caissière du supermarché. C'était dire l'étendue du désastre. Cette situation était ridicule, tout simplement. Qu'est-ce que je faisais là ? Il y avait encore quelques mois, j'étais bien tranquille à San Francisco, j'habitais dans un bel appartement, et me promenais avec mes amies le long de la mer les chaudes soirées d'été. Un soir, en rentrant du travail, mon père m'avait dit qu'il fallait qu'on parle… Son emploi avait été délocalisé suite à une restructuration, comme ils appelaient cela. En gros, ils fermaient chez nous pour ouvrir ailleurs. Fairbanks, nous voilà… Je ne m'y faisais pas encore. Mais mon père m'avait dit qu'il fallait s'estimer heureux qu'il ait pu avoir une place sur ce nouveau site. Certains de ses collègues n'avaient pas eu cette chance. Certes. En attendant, je me retrouvais seule dans une ville au fin fond de l'Alaska, la rentrée était dans deux jours et je n'avais pas encore rangé mes cartons. Il y en avait partout dans la chambre et je n'arrivais même pas à trouver deux chaussettes identiques ! À ma décharge, les trois quarts de mes cartons

n'étaient pas encore arrivés. Le déménageur les avait apparemment distribués dans une autre ville. Autant dire que cela promettait de belles remarques en arrivant dans mon nouveau lycée… Cela m'inquiétait un peu d'être seule au milieu de gens que je ne connaissais pas du tout. Je n'avais jamais été à l'aise dans les groupes. J'étais d'une timidité assez maladive et je perdais vite mes moyens quand on me parlait. L'année précédente, certains garçons s'amusaient à mettre un feutre rouge à côté de mes joues pour comparer les deux teintes quand on m'interrogeait en classe… Bien sûr, cela ne faisait qu'amplifier la chose, me laissant bredouillante et confuse comme si mon cerveau s'était envolé en même temps que mon self-control.

— Toudou ! Tu m'as fait peur, dis-je au petit chat tigré qui venait de sauter sur ma couette et commençait à pétrir celle-ci en me regardant avec des yeux mi-clos pleins d'amour. Tu abuses, tu n'as pas le droit de grimper sur le lit !

Mais il tombait au bon moment et je n'eus pas le courage de le faire descendre. Au lieu de cela, je le pris dans mes bras et lui fit un baiser sur la tête, ce qui eut pour effet immédiat de lui faire prendre une distance de sécurité d'un demi-mètre par rapport à cette drôle d'humaine qui tentait d'entraver sa si chère liberté de mouvement.

— OK, j'ai compris va, tu veux bien profiter de la couette, mais pas t'abaisser à recevoir un câlin… J'aurais dû t'appeler Lucifer espèce de petit diable !

Pour toute réponse, j'eus droit à un ronronnement sonore indiquant que mon chaton n'en avait strictement rien à faire de moi tant que ma couette était là. Peut-être que j'aurais dû choisir un cochon d'Inde plutôt. Je le caressai doucement sur la tête, ce qu'il apprécia cette fois, et il se rapprocha de moi, se lovant avec bonheur près de mes jambes.

Regarder un chat me semblait être un bon moyen de savoir comment faire pour être heureuse dans la vie : dormir, prendre le soleil, profiter de chaque plaisir et ne pas s'embarrasser des convenances. J'en pris de la graine et décidai de tenter de faire comme lui. Son petit ronflement me berça et je sombrai de nouveau doucement dans le sommeil.

— Sarah, tu es réveillée ?

Mon père venait de se lever. Je regardais le réveil : six heures trente. Heureusement que j'étais encore en vacances…

— Oui, je suis prête pour une magnifique journée pleine de surprises, lui répondis-je avec un entrain plus que forcé.

J'avais envie de lui faire plaisir, mais je lui en voulais tout de même de me faire subir tout ça. Toute ma vie était bouleversée et je l'en tenais un peu pour responsable. Il passa la tête et me sourit gentiment.

— Allez, arrête un peu, je sais que ce n'est pas facile pour toi, mais n'oublie pas que pour moi non plus. Tu es grande, tu peux le comprendre. Si ta mère avait été là, on aurait peut-être pu trouver une autre solution, mais…

— Mais elle est morte, dis-je trop brusquement.

— Ce n'est pas de ma faute Sarah, ne sois pas aussi dure, dit-il en baissant la tête.

Cela me fit mal au cœur, j'avais tendance à être égoïste et à ne penser qu'à moi, à penser que les adultes ne souffraient pas autant que moi, à trouver que la vie était incompréhensible. Bref, j'étais une adolescente de seize ans. Et ce n'était pas de tout repos pour mon père de s'occuper seul de moi.

— Je suis désolée, papa, lui dis-je en me levant. Je sais que tu fais tout ce que tu peux pour que l'on s'en sorte bien. Je l'oublie parfois.

Je lui passai les bras autour du cou et lui fis un baiser sur la joue. Il me serra contre lui un peu gêné et sortit de la pièce.

— N'oublie pas Toudou, il risquerait d'étouffer sous ta couette, lança-t-il sans se retourner.

Je regardai la petite forme qui faisait une petite bosse dans mon lit. Décidément, mon père avait l'œil !

Je me levai, pris le petit chaton dans mes bras et le déposai à terre non sans qu'il m'ait manifesté son mécontentement de façon plus que bruyante. Comment une si petite chose pouvait-elle faire des bruits si effrayants ? Il y avait vraiment un petit démon sous ces yeux angéliques !

— Toudou, je vais te renommer demain en grande pompe si tu continues ! lui dis-je d'un ton taquin en agitant la main devant son nez.

Il s'étira et remonta ses fesses vers le haut, prenant appui sur ses petites griffes et remuant la queue en fixant ma main avec une curiosité chasseresse. Je l'enlevai rapidement, la remplaçant par une chaussette solitaire qu'il s'empressa de poursuivre et de vouloir tuer dans le couloir.

— Bon, de toute façon je ne trouve pas l'autre, autant qu'elle serve à quelque chose, dis-je un peu résignée.

Je me dirigeai vers la glace et inspectai mon visage. De petits cernes bleutés dessinaient un arc de cercle sous mes yeux. Je fouillai dans ma trousse de secours et sortis le tube d'anticernes. Fairbanks ou pas, il fallait quand même ressembler à quelque chose avant de tenter une sortie ici.

Je brossai mes cheveux en rêvassant doucement. Ils étaient châtain foncé et assez raides, contrastant avec le bleu clair de mes yeux, mais je leur faisais souvent des anglaises au bout. J'avais toujours aimé les films romantiques des années 50 ou 60, où les femmes avaient des coiffures de ce genre. Certes dans ma génération ce n'était pas tout à fait la mode, mais j'appréciais cela. À San Francisco, dans le quartier où l'on vivait, de nombreuses jeunes filles arboraient ce genre de coiffure. Ici cela semblait un peu différent. Je passais du Sud au Nord, du soleil à la grisaille. J'avais juste envie de rester au lit et de commander un billet retour pour ma ville le plus vite possible. Le pire allait sûrement être l'hiver. En tapant sur Google le nom de cette ville, j'étais tombée sur un groupe d'étudiants de l'Université posant devant un pluviomètre géant. Autant vous dire qu'il était bien rempli... Moi qui aimais la chaleur et les ciels bleus, j'allais être servie. J'aurais mieux fait d'adopter un canard plutôt qu'un chaton. Je me mis un peu de rose sur les paupières et m'observai avec une légère moue. C'était le maximum que je pouvais faire après quelques jours ici et un déménagement précipité !

— Aïe !

Je venais encore de me cogner contre mon lit en le contournant. J'étais d'une maladresse terrible et je ne comptais plus les bleus sur mes jambes. Cela avait commencé dès que je m'étais mise à marcher : je passais plus de temps à tomber et à me relever qu'à avancer... Je ne trébuchais plus, mais manifestement j'avais toujours une appréciation des distances assez moyenne. Cela faisait souvent rire mes amis, mais je me sentais ridicule et empotée, toujours à laisser glisser quelque chose, et d'autant plus que j'étais nerveuse ou impressionnée. Et je l'étais souvent !

Je décidai d'aller faire une inspection plus approfondie du coin aujourd'hui. Me lamenter sur mon sort ne servirait à rien, j'étais là et je devais maintenant tenter de passer une bonne année... en espérant un retour rapide à San Francisco. Je descendis l'escalier menant au salon et trouvai mon père en train de manger ses tartines en écoutant la radio.

— Alors, quelles sont les nouvelles ?

Il sursauta, ne m'ayant apparemment pas vue.

— Tu m'as fait peur Sarah ! Essaye de ne pas te déplacer aussi doucement que Toudou, ça m'arrangerait ! Je vais finir par avoir une attaque avec vous deux, maugréa-t-il.

Je le contournai en claquant des pieds bruyamment et ouvris le réfrigérateur pour prendre mon lait-nutella matinal. Aucune journée ne se passait sans commencer par une bonne tartine.

— Tu reviens à quelle heure ce soir ? Tu rentres ce midi ? lui demandai-je.

— Non, j'ai un déjeuner d'accueil avec des collègues. Apparemment, ils m'ont préparé une surprise, dit-il en s'ébouriffant les cheveux.

— Super ! Tu as de la chance, moi je vais rester là toute seule.

Je baissais la tête, regardant consternée mes chaussettes dépareillées. Ce faisant, mon verre de lait s'inclina un peu trop et le liquide chaud coula sur mes jambes.

— Ce n'est pas vrai ! Je suis vraiment géniale... J'ai pu extraire un pantalon de ce foutoir et je le tache dès le petit déjeuner. Bon, eh bien je sais ce que je vais faire au moins ce matin : la lessive. Tu sais quand le reste des affaires va arriver ? J'espère avant la rentrée, sinon je vais aller faire une razzia au centre commercial.

— Ne t'en fais pas, j'appellerai les déménageurs ce midi pour savoir où sont tes cartons. Ils seront là pour la rentrée.

Il se leva, essuya son coin de table et mit sa tasse dans l'évier.

— Je file, à tout à l'heure, ma chérie. Ne te tracasse pas trop hein ?

Je lui souriais pour le rassurer et le regardai partir par la fenêtre. Le thermomètre affichait 8 degrés, le soleil commençait à pointer son nez. Il allait faire 17 degrés aujourd'hui, une belle journée donc ici.

J'entendis un petit bruit de râpe et baissai la tête. Toudou était à mes pieds, léchant consciencieusement les traces de lait sur mes chaussettes. Lait et salive de chat, hum... Elles allaient passer à la lessive aussi !

– 2 –

La matinée passa rapidement, et mon déjeuner un peu expédié en raison d'un manque flagrant d'ingrédients dans le frigo, je pus enfin sortir avec un pantalon propre et sec. Nous habitions dans le centre-ville ouest. La maison était en bois peint en blanc, comme la plupart des habitations du coin. Une grosse cheminée presque aussi haute que la maison crevait le toit et un petit jardinet entouré d'une palissade blanche se tenait à l'arrière. Devant la maison, une petite étendue engazonnée avec des bouleaux et des sapins donnait sur la route. Les logements s'alignaient ainsi de façon monotone le long de cette avenue qui n'avait d'avenue que le nom. En sortant, je me mis au milieu de la route et regardai résignée l'absence totale de gens autour de moi. Je pouvais certainement prendre une chaise longue et lire ici, je ne serai probablement pas dérangée ! J'avais promis à mon père de faire un effort et je chassai du coup cette idée un peu saugrenue de ma tête. Je décidai donc d'aller me promener dans le petit centre-ville en espérant croiser quelqu'un. En passant par la 4e avenue, je notais des couleurs légèrement plus variées, du bleu ciel, du rouge et même quelques maisons jaunes. La plupart étaient très petites, avec un énorme pick-up garé devant.

Au bout de dix minutes, j'arrivai enfin à un croisement où quelques personnes traversaient. Une minuscule cahute de bois brut, "le grill des aviateurs", diffusait encore un parfum de viande brûlée. Je fis une prière intérieure pour que ce ne soit pas le seul restaurant de la ville. Les jeunes qui traversaient devant moi ne me regardèrent pas et continuèrent leur chemin comme si je n'existais pas. Je soupirai et poursuivis ma route. Quelques petits immeubles se dressaient çà et là et un chien achevait de déchirer un sac poubelle qui traînait au pied d'un lampadaire. Quelques voitures passaient doucement, mais peu de piétons en vue. Je vis un panneau indiquant le musée de la glace et ris intérieurement. Un musée de la glace, bien sûr, c'était logique ici...

Après près d'une heure et demie de marche, je revins chez moi un peu dépitée. J'avais bien croisé quelques personnes dans le centre, mais la plupart m'avaient parues moroses et fermées. Je n'avais pas voulu aller voir mon lycée. Je craignais le pire après ce que je venais d'observer en ville. Je secouai la tête, rien ne servait de me stresser inutilement. Je verrai bien dans quelques jours. Je regardai par la fenêtre les montagnes bleutées qu'on apercevait au loin au-delà des limites de la ville et remontai dans ma chambre écouter de la musique.

Vers 18 heures, mon père rentra et m'appela, visiblement très content.

— Sarah, viens ! J'ai une surprise pour toi !

— J'arrive, lui dis-je en descendant les escaliers pieds nus. Tu m'as acheté un blouson en peau de phoque ?

— Très drôle, vraiment, répondit-il toujours aussi jovial. Ses cheveux noirs étaient un peu ébouriffés et il tenta vainement de les recoiffer. Tu as passé une bonne journée ?

— Joker, lui répliquai-je. Alors, c'est quoi ta surprise ?

— Devine qui aura toutes ses affaires dès demain ? me demanda-t-il en souriant largement.

Je sautai sur place de joie et courus dans ses bras.

— Sérieusement ? Tu es le plus fort papa ! Merci ! Enfin quelque chose de chouette aujourd'hui.

Il me regarda de manière attendrie.

— Ne t'en fais pas Sarah, c'est le début, mais tu vas te plaire ici, je te le jure.

Il alla vers sa chambre pour enfiler un autre sweat.

— Et toi alors ? Tes collègues t'ont offert quelque chose ? lui demandai-je au travers de la porte.

— Ah oui, j'ai pensé à toi d'ailleurs. Ils m'ont emmené au grill des aviateurs en ville, c'est plutôt chouette, on ira ce week-end pour fêter ta rentrée.

J'écarquillai les yeux et fronçai les narines en me remémorant l'odeur que j'avais perçue dans les parages de ce restaurant. Mais il avait l'air si content que je n'eus pas le courage de le contredire.

— Super papa, c'est une bonne idée, on ira tous les deux samedi midi si tu veux. Quand est-ce que mes affaires arrivent ?

— Demain vers 10h. Tu seras là pour les réceptionner ?

— Oui, je n'ai pas une foule de choses à faire en attendant jeudi. C'est étrange d'ailleurs de nous faire commencer un jeudi.

Il haussa les épaules et mit la table.

Le repas se passa presque en silence et après une partie de cartes, je montai me coucher. J'aurai pas mal de cartons à déballer et de rangement à faire le lendemain et il valait mieux que je sois en forme.

– 3 –

Je me levai fraîche et bien disposée le lendemain matin, après une bonne nuit de sommeil. Mon père était déjà parti et je m'étirai tranquillement quand la sonnette me fit sursauter. Je regardai par la fenêtre : un gros camion était arrêté et deux hommes commençaient à décharger des cartons devant la porte. Mes affaires étaient enfin là ! J'attrapai un vieux pull et l'enfilai rapidement au-dessus de mon pyjama bleu ciel. Je jetai un coup d'œil à la glace sans conviction. Il n'y avait rien de possible à faire en quelques minutes. J'attachai juste mes cheveux en un vague chignon et sortis sur le perron.
— Bonjour, leur dis-je en souriant, regardant les cartons avec soulagement. C'est bien que cela arrive aujourd'hui, j'avais peur de commencer la rentrée sans vêtements dignes de ce nom.
Ils me regardèrent sans rien dire, un peu bourrus, et continuèrent simplement à décharger mes affaires. Il y avait une quinzaine de cartons, des vêtements et des livres surtout. Je passais beaucoup de temps à lire des romans et j'avais du mal à m'en séparer une fois lus. Notre maison ici était bien plus petite et mon père m'avait déjà prévenue qu'il faudrait limiter les bouquins. J'allais donc en faire don à la bibliothèque de la ville.
Un quart d'heure plus tard, les deux livreurs partirent, me laissant seule devant la maison, les cartons sur le trottoir. Super, ça, c'était vraiment pratique, d'autant que les cartons de livres étaient très lourds. Je rentrai les vêtements en premier, les déposant à l'entrée du salon. J'avais chaud, mais ce n'était finalement pas aussi terrible que ça en avait l'air. Je commençai à ressortir quand de fines gouttes tombèrent sur mon nez. Je levai les yeux

vers le ciel. De gros nuages gris s'accumulaient au-dessus de ma tête, commençant à déverser leur eau. En quelques minutes, un déluge glacial me dégringola dessus, trempant tous les cartons contenant mes précieux livres. Je regardai à droite et à gauche, cherchant quelqu'un pour m'aider, mais je ne vis personne. Luttant pour ne pas pleurer d'énervement, je poussai le premier carton avec le pied, quand tout à coup, un crissement de frein me fit me retourner. Un pick-up blanc s'arrêta. La vitre se baissa et je découvris un garçon d'environ mon âge qui me dévisageait avec amusement, ce qui me mit hors de moi.

— Oui, c'est drôle en effet, mais peut-être que vous pourriez sortir de votre voiture et venir m'aider ? lui lançai-je sans aucune amabilité.

Il eut un petit haussement de sourcils, mais ferma sa vitre et vint me rejoindre rapidement. Il était grand et assez mince, mais semblait fort ce qui allait être utile dans le cas présent. Ses cheveux étaient noirs et épais. Une mèche rebelle descendait sur son front et deux yeux d'un bleu très particulier, avec des éclats dorés, me regardaient toujours ironiquement. Il me fit face quelques secondes qui me parurent une éternité, mais ne dit rien. Il hocha la tête et me sourit puis souleva un carton sans difficulté pour l'emmener à l'intérieur. Je restai sur place, interloquée. Était-il muet ? Il avait en tout cas une drôle de façon de se comporter, mais c'était peut-être la norme ici. J'essayai pour ma part de continuer ma technique de poussage au sol sans grand succès. Il était déjà ressorti et s'arrêta en me voyant m'escrimer ainsi.

— Merci de m'aider, lui dis-je en tentant d'essuyer l'eau qui me ruisselait dans les yeux.

Il secoua la tête et alla chercher un autre carton, puis un suivant jusqu'à ce qu'il ne reste plus que le mien, arrivé péniblement au seuil de la porte. Il sortit et me fit simplement un vague signe de la main, me signifiant son départ, puis retourna dans sa voiture et redémarra, me laissant trempée et seule avec mon dernier carton qui ne voulait pas passer cette fichue barre de sol.

Apparemment, les garçons du coin étaient serviables, mais assez mufles quand même pour me planter là sous la pluie battante. Je n'avais même pas eu le loisir de lui demander son nom. Peut-être allais-je le retrouver demain au lycée ? Je l'espérais un peu sans me l'avouer tout à fait. Il était beau et mystérieux, mais quelque chose m'avait dérangé dans son regard, sans que je puisse mettre un nom dessus. Était-ce la couleur de ses yeux, son air moqueur ou son mutisme ? Les trois à la fois sûrement. En tout cas, c'était le premier de mon âge avec qui j'avais un semblant de communication depuis mon arrivée, et même s'il était étrange, il m'avait tout de même bien aidée. Je regardai mon dernier carton avec lassitude. Les livres commençaient probablement à prendre l'eau. La pluie redoublait et je décidai d'agir pour sauver ce qui pouvait l'être. Je pris un couteau dans la cuisine et ouvris le carton brutalement. Je fis plusieurs allers-retours avant de le vider complètement et claquai la porte avec soulagement une fois cette tâche finie.

En remontant dans ma chambre, je m'arrêtai devant ma glace et me contemplai avec un brin d'effroi. Pas étonnant qu'il ait eu envie de rire en me voyant. Mes cheveux ne ressemblaient plus à rien, plaqués sur mon crâne et le froid m'avait rendue plus blanche qu'une morte. En bref, je faisais peur à voir. J'espérai finalement ne pas recroiser mon mystérieux inconnu avant longtemps au vu de la réputation qu'il pourrait me faire. En me retournant, je butai dans mes chaussons et tombai un genou à terre, m'écorchant sur le parquet. Je relevai la tête, agacée, et me dirigeai vers mon lit. J'enlevai mes vêtements et me roulai en boule sous ma couette pour me réchauffer le corps et le cœur. Mes amies me manquaient, ma ville me manquait, ma vie aussi.

– 4 –

La lune était encore haute dans le ciel quand j'ouvris la fenêtre. L'air était pur, de rares nuages gris sombre dansaient au-dessus des montagnes au loin. Je tendis l'oreille. Aucun bruit autre que celui de quelques voitures ne me parvint. Je décidai d'attendre tranquillement dans mon lit que mon réveil sonne. En attendant, je passai en revue ce qui allait advenir aujourd'hui. La perspective de devoir me confronter à tant de personnes inconnues en même temps m'affolait un peu. J'aimais avant tout passer inaperçue. Avec un peu de chance, cela allait être le cas, mais j'espérais quand même qu'une ou deux personnes viendraient me parler.

Enfin, mon réveil se mit à sonner, une douce musique mêlée de chants d'oiseaux qui m'accompagnait dans chaque nouvelle journée.

Je sautai du lit, impatiente de découvrir mon nouveau lycée. Malgré le stress de devoir me faire accepter par des camarades que je ne connaissais pas encore, l'excitation grandissait en moi. Comment étaient les jeunes de mon âge ici ? J'en avais croisé deux ou trois seulement, y compris le garçon d'hier, mais tous s'étaient révélés aussi bavards qu'une porte close.

J'ouvris mon tiroir, pris des chaussettes blanches et mon tee-shirt favori. Il m'avait porté chance bien des fois, et c'était un peu, malgré ses couleurs délavées, mon doudou des jours spéciaux. La température était bien sûr trop fraîche pour sortir ainsi, à mon grand regret, et j'enfilai à la va-vite le premier pull que je trouvai. Il était assez chic, en laine bleue avec un liseré blanc sur le col. Je relevai mes cheveux en chignon et me regardai dans la glace. Hum, un peu trop sage à mon goût. Je tirai au hasard quelques mèches de ma coiffure. Elles retombaient sur mes épaules, donnant un aspect plus naturel à l'ensemble. Que manquait-il ? Je fouillai dans ma sacoche rayée et en sortis un tube de rouge à lèvres rose pâle. Cela mettait en valeur mon teint de porcelaine comme disait mon père. Voilà, j'étais prête. Je pris mon sac en bandoulière et descendis déjeuner.

— Bonjour Sarah, dit mon père sans se retourner. Je t'ai préparé ton petit déjeuner.

Il me regarda et s'arrêta un instant.

— Comme tu ressembles à ta mère, comme ça. Tu es magnifique, ils vont tous craquer pour toi, tu vas voir, me taquina-t-il.

Je rougis un peu sous le compliment. Je n'avais pas spécialement envie de leur faire tourner la tête puisque je ne les connaissais absolument pas. Je voulais juste faire une rentrée normale, en me fondant le plus possible dans la masse.

— Merci, papa, c'est gentil. J'espère que je ne vais pas être ridicule en tout cas.

— Pourquoi ridicule ?

— Je ne sais pas, une impression. Le peu de jeunes que j'ai croisés ne me ressemblait pas. Disons que dans mon ancien lycée à San Francisco, ils se seraient fait remarquer.

— Peut-être, oui, je n'ai pas vraiment fait attention je te l'avoue. Mais j'ai noté que mes collègues étaient en tout cas tout à fait normaux si ça peut te rassurer.

— Tu parles de ceux qui t'ont emmené au grill des aviateurs ? demandai-je un peu résignée.

— Heu, oui, comment le sais-tu ?

Je soupirai légèrement et haussai les épaules.

— Une intuition on va dire, dis-je gentiment en repensant à la devanture décrépie et à l'odeur de graillon.

— Je sens une pointe de sarcasme Sarah, je sais que ça doit te changer, mais les gens d'ici m'ont l'air très sympas. Il y en a un qui t'a aidé hier, non ?

— Oui, le seul qui soit passé par là en une heure... répondis-je en levant les yeux au ciel.

— Bon, allez, prend donc ton petit déjeuner et file, tu vas finir par être en retard. Ce serait dommage de te faire remarquer dès le premier jour. J'y vais, dit-il en se levant et en me faisant une bise. À ce soir, appelle-moi si tu as besoin de quelque chose comme courses.

Je hochai la tête et lui souris.

— À ce soir papa.

Je regardai avec effarement la table rectangulaire en bois brut sur laquelle étaient posés le beurre de cacahouètes, la confiture, les céréales, le yaourt à boire et des fruits secs. Si je mangeais tout ça, je ne risquais pas de partir au lycée, mais plutôt de finir avec un bon mal de ventre ! Je grignotai rapidement quelques tartines et pris mon sac. Mon estomac était un peu noué. Le bâtiment principal n'était qu'à quinze minutes à pieds, c'était d'ailleurs pour cette raison que nous avions choisi notre maison dans ce quartier.

La route vers le lycée n'était pas très agréable, des trottoirs étroits, de grands hangars sur les côtés et de vastes pelouses devant. J'arrivai à un croisement important avec des travaux et tournai à gauche vers l'aéroport. Je regrettai presque les petites rues bordées de bouleaux et de pick-up d'hier tant le bruit et la circulation m'insupportaient. Je longeai maintenant une deux fois trois voies et le trottoir était protégé des voitures par des grillages de plus d'un mètre cinquante. J'avais hâte d'arriver et me dis que je chercherais un autre itinéraire ou m'achèterais rapidement un vélo.

Enfin, je vis le pont verdâtre qui enjambait péniblement les voies de circulation et menait au lycée. Je m'y engageai, suivant des groupes de jeunes qui parlaient fort et qui ne m'adressèrent pas la parole en réponse à mon bonjour.

Le lycée avec sa façade ocre se tenait devant moi. Des fumeurs occupaient le parvis en riant, se montrant leurs photos de vacances sur leur portable et accueillant chaque nouvelle personne de leur cercle avec force embrassades. Je restai seule, n'osant pas trop m'approcher de peur d'être rejetée. Je me fis bousculer deux ou trois fois et je décidai tout de même d'aller à la rencontre de deux filles qui étaient assises sur les marches.

— Bonjour ! dis-je avec un léger manque d'assurance.

Elles se retournèrent et me regardèrent étonnées.

— Bonjour, on ne se connaît pas, je crois ? Tu es la nouvelle ? demanda celle située à ma droite.

Elle était blonde, les cheveux longs, un visage fin, un nez retroussé et des yeux rieurs et curieux. Elle me sembla tout de suite sympathique.

— Comment savez-vous que je suis nouvelle ? Je n'ai vu quasiment personne depuis que je suis arrivée.

— Facile, on se connaît tous. Tu sais, c'est une petite ville ici et ça fait un bail qu'on est tous ensemble.

C'était exactement ce que je craignais. J'étais cataloguée et n'allais certainement pas passer inaperçue !

— Mince, moi qui pensais me fondre dans la masse. Je m'appelle Sarah.

— Salut, moi c'est Caroline, répondit avec un grand sourire la blonde. Et elle, c'est Sihème.

Une magnifique brune, les cheveux relevés en queue de cheval haute et les yeux marron cernés de Kohl me regarda en m'adressant un signe de tête de bienvenue. Caroline chercha dans ses poches et sortit une cigarette. Elle l'alluma et en tira une bouffée.

— Tu en veux une ?
— Non, merci, je ne fume pas, lui répondis-je gênée.
— Tu as bien raison, dit-elle en riant. Dis-moi, tu viens d'où ?
— De San Francisco.
— Sérieux ? Génial, tu vas tout me raconter ! J'aimerais tant vivre dans une grande ville comme celle-là ! Tu étais dans un quartier chic ?
— Heu, oui, pourquoi ?
— Ton pull, il fait vraiment bourgeoise je trouve, répondit Sihème à sa place.

Je françis les sourcils, n'appréciant pas trop sa remarque et me sentant un peu ridicule. Je ne savais pas vraiment quoi répondre, mais à regarder autour de moi elle avait en effet raison. Je n'avais pas tout à fait le style décontracté et sportif des adolescents d'ici.

— Eh bien, tu m'emmèneras faire du shopping en ville !
— Excuse-la, Sihème est assez braque, mais elle ne mord pas, dit Caroline en la poussant affectueusement de l'épaule.
— Allez, dit Sihème, c'est l'heure, il faut aller en cours, je crois avoir vu sur l'emploi du temps qu'on est en salle 12.
— Moi aussi, dis-je, j'ai regardé ça sur internet hier. Vous connaissez nos profs ?
— Certains, mais pas tous, dit Caroline. Je crois qu'en latin on a décroché le pompon, mais tu verras par toi-même, ça risque d'être drôle ! On l'appelle Droopy !

J'imaginai avec un peu de peine un prof ressemblant à ce personnage de cartoon et secouai la tête pour en chasser cette image peu agréable.

— Je ne préfère pas y penser, leur dis-je en me dirigeant à leur suite vers l'entrée du bâtiment principal.

Il était assez grand pour la ville et les élèves affluèrent d'un coup derrière moi dans un joyeux brouhaha.

En tournant la tête à gauche, je vis dans un angle une silhouette qui se déplaçait avec souplesse et légèreté. Une fille, rousse avec des mèches plus claires, les cheveux courts taillés en pointes, avançait vers l'entrée. Il se dégageait d'elle quelque chose d'intrigant et de fascinant. Elle était seule, mais tout le monde se dégageait pour la laisser passer. Elle était habillée tout en noir, avec un collier à pointes autour du cou.

— Qui est-ce ? demandai-je à Sihème en indiquant la fille de la tête.

— Elle est flippante, hein ?

— Elle a quelque chose de vraiment spécial, elle est là depuis longtemps ? demandai-je.

— Quatre ans. Mais on ne sait pas grand-chose sur elle et elle n'est pas très causante, dit-elle en la regardant passer la tête haute. Allez, on va finir par arriver les derniers, dit-elle en montant les marches et en entrant dans le bâtiment.

L'intérieur du lycée était coloré et gai, le lino du sol représentant des carrés bleus, violets et orange. Trois grosses lettres étaient inscrites dans le hall près de la machine à café : LHS, pour Lathrop High School. Des empreintes de loups étaient également imprimées sur le sol.

— Pourquoi y a-t-il ces empreintes ici ?

— Tu ne connais pas les loups de Fairbanks ? demanda Sihème étonnée.

— Euh, non, je devrais ?

— Ben si tu restes dans ce lycée et que tu veux t'intégrer, tu as intérêt, c'est l'équipe de football de l'école.

— Oui, c'est là où tu pourras avoir le meilleur choix, si tu vois ce que je veux dire, dit Caroline en me faisant un clin d'œil.

— Ne l'écoute pas, dit Sihème, elle est complètement délurée et c'est une vraie bombe hormonale. Elle ne sait pas se contrôler.

— Et toi tu es aussi prude qu'une oie effarouchée, rétorqua Caroline en rigolant. Au moins, je profite de ma jeunesse. Je n'ai pas envie de me marier sans avoir connu suffisamment de choses avant. Qu'en penses-tu Sarah ?

Je rougis sans pouvoir m'en empêcher et lui répondis en bredouillant.

— Je n'ai pas d'avis, cela dépend, je pense, répliquai-je pas convaincue moi-même par ce que je disais.

— Ah, méfie-toi alors, ici ce n'est pas San Francisco, certains sont assez, comment dire, entreprenants.

Je la regardai incrédule. Dix minutes que je la connaissais et elle me parlait déjà de trucs franchement trop personnels à mon goût. Heureuscment, Sihème vint à mon secours, me prenant par les épaules et passant devant moi.

— Allez, Caroline arrête de l'embêter ! Tu fais ça à toutes les nouvelles !

Caroline fronça les sourcils et la suivit d'un air boudeur avant d'éclater de rire. Cette fille était décidément un vrai bout en train, mais je n'appréciais pas trop cette intrusion dans ma vie privée.

Nous passâmes dans le couloir, suivant de nombreux autres lycéens et entrâmes dans la classe sur la porte de laquelle nos noms étaient notés sur une liste. Les tables individuelles se touchaient presque dans chaque rangée et je ne savais pas trop où m'asseoir. Tout le monde avait l'air de se connaître et le volume sonore devint vite important. Je laissai entrer Sihème et Caroline qui filèrent s'installer au fond et me firent un signe de la main pour m'indiquer une table devant elles. Je les remerciai intérieurement pour ne pas m'obliger à rester seule perdue dans cette salle et allai m'asseoir à cette place. J'observai avec attention mes futurs camarades de classe quand un groupe de garçons entra dans la salle. Il y eut un flottement et tout le monde les regarda quelques secondes, puis le vacarme reprit de plus belle. Je restai pour ma part les yeux rivés sur eux. Ils étaient trois. L'un était châtain, l'autre blond et le troisième avait les cheveux noirs. Quand il se tourna, il m'observa. Ses yeux étaient bleus et perçants, un petit sourire s'affichait doucement au coin de ses lèvres. Sa barbe d'une journée sculptait son visage et il remit de l'ordre dans ses cheveux d'un geste nonchalant. Il alla s'asseoir à gauche de la salle, dans les premiers rangs, suivi de ses deux amis.

Une tape dans le dos me fit sursauter.

— Ferme la bouche, me dit Caroline en gloussant, on dirait un poisson sorti de l'eau !

Je pris conscience de ce fait et y apportai une correction immédiate. Je me sentis un peu ridicule et essayai de retrouver une contenance, m'appliquant à me concentrer pour ne pas rougir, ce qui bien sûr eut l'effet inverse.

— Eh bien, tu es émotive toi, relax, je disais ça pour te taquiner, me rassura Caroline visiblement embarrassée par ma réaction.

— Qui sont ces garçons ? demandai-je d'une voix neutre.

— Celui que tu regardais, c'est Ethan. Mignon, hein ? Le blond aux yeux bleus, c'est Thomas. Lui il est vraiment fou. Une fois, je l'ai croisé la nuit, il courait en short dans la neige, pieds nus ! Il devait être dans un sacré état si tu vois ce que je veux dire...

— Euh, oui, répondis-je sans trop savoir si elle parlait d'alcool ou de drogue.

— Et l'autre, reprit Sihème, c'est Marc.

Il tourna justement la tête vers moi à ce moment-là, me regardant sans émotion avec ses yeux marron et pénétrants. Qu'essayait-il de faire ? M'intimider ? Je baissai les yeux devant la persistance de son regard et tentai de faire diversion en sortant mes affaires. Quand je relevai la tête, il me regardait toujours. Je plantai alors mes yeux dans les siens et soutint son regard avec un air de défi. Il haussa un sourcil et finit par tourner la tête. Je surpris du coin de l'œil l'air amusé d'Ethan, qui avait observé notre manège. J'étais assez fière de moi d'avoir pu affronter visuellement cet énergumène qui semblait se prendre pour le chef ici.

— Bravo, me susurra Sihème. Faire baisser les yeux de Marc le premier jour, chapeau bas. Il nous a toutes fait ça et tu es la première à ne pas céder. Il a enfin trouvé son maître !

— C'est quoi, un sport national ? Entre l'autre qui ne me dit rien et celui-là qui me trucide du regard, c'est vraiment le royaume des fous ici ! répondis-je excédée.

Ces jeux de pouvoir ne m'avaient jamais intéressée et Marc me faisait un peu peur en réalité. Je lui avais tenu tête par stress plutôt que par courage.

Caroline et Sihème me dévisagèrent surprises.

— Tu as déjà croisé Ethan ?

— Oui, hier. Il m'a aidée à décharger mes cartons alors que je me débattais avec sous la pluie.

— Eh bien, tu en as de la chance, je ne le voyais pas vraiment en chevalier servant. Vous avez discuté ? demanda Sihème.

— Non, il était aussi muet qu'une carpe. Il ne m'a pas aidé jusqu'au bout d'ailleurs. Il m'a planté avec mon dernier carton, j'ai dû le pousser avec les pieds sous la flotte. Il vous a déjà parlé ?

— Oui, mais je te l'ai dit, ce n'est pas un garçon pour toi, me dit Caroline sérieusement.

Je regardai discrètement Ethan. Il était de dos et attendait tranquillement la venue du prof. Il ne faisait pas spécialement cancre comme cela, assis au premier rang.

Le prof venait d'arriver et les élèves se turent. C'était un homme d'une cinquantaine d'années, petit et brun, avec une barbe fournie. Il était debout sur l'estrade, nous regardant avec sérénité et bienveillance. Je l'appréciai immédiatement.

— Bonjour à tous, dit-il d'une voix forte et grave. Je suis Monsieur Descamp, votre professeur principal et aussi celui qui va vous donner goût aux mathématiques cette année, j'en suis sûr. Avant tout, sachez que je ne vous demanderai pas de ne pas vous tromper et que l'erreur est pour moi synonyme d'apprentissage. Par contre, je serai intransigeant sur le fait que vous travailliez du mieux que vous le pouvez.

Il s'arrêta et nous dévisagea tous en balayant la salle, pour donner plus de poids à ses mots.

— Ceci étant dit, bienvenue à tous, la plupart me connaissent, nous nous sommes vus lors de la découverte du lycée l'année dernière. Voyons, dit-il en me regardant, ah, il y a quelqu'un ici que je n'ai jamais vu. Mademoiselle ?

J'avais envie de rentrer sous terre quand toutes les têtes se tournèrent vers moi. Je bredouillai, cherchant mon propre nom au milieu de mon cerveau envahi par le stress.

— Wood, Sarah Wood, répondis-je enfin.

— Bienvenue Mademoiselle Wood alors. J'espère que vous remonterez le niveau en mathématiques de notre classe.

Je me tassai sur ma chaise et attendis que les regards se détournent de moi pour respirer.

Le cours commença, ne me laissant que peu de souvenirs. Je tentai de prendre des notes, mais je passai surtout mon temps à observer Ethan. Il m'intriguait. Je ressentais quelque chose de spécial en lui, loin de l'image qu'il voulait donner, mais je ne savais pas vraiment ce que c'était.

– 5 –

La journée se passa sans encombre et en sortant du dernier cours, Sihème m'apostropha.
— Sarah, on fait une petite soirée chez moi ce soir, est-ce que tu veux venir ?
— Oui, pourquoi pas, mais il faut que je prévienne mon père avant. Il a peut-être prévu quelque chose, il voulait m'emmener au restaurant, je crois.
— D'accord, tu me dis ça avant 18h ? Je te donne mon portable. A tout à l'heure peut-être.
— Il faut que j'amène quelque chose ?
— Non, un paquet de chips à la rigueur. Ma mère a fait un tajine de poulet.
— C'est la meilleure que tu puisses manger à Fairbanks, dit Caroline en se frottant le ventre. La dernière fois, j'ai pris un kilo en une soirée !
J'imaginai difficilement Caroline avaler autant de nourriture au vu de sa maigreur, que je trouvais d'ailleurs assez inquiétante. On voyait ses côtes à travers son tee-shirt et ses clavicules étaient saillantes. Je m'abstins de faire une remarque, ne la connaissant pas encore assez pour cela. J'étais contente d'être invitée, un peu apeurée aussi. Quel genre de soirée était-ce ? J'avais entendu des choses peu engageantes sur des beuveries dans certains lycées du coin. L'alcool était une vraie catastrophe ici et j'avais peur de me retrouver coincée dans une fête de ce genre. Mais le fait que cela se passe chez Sihème me rassurait. Elle semblait à première vue avoir le même genre de valeurs que moi.

Sur le chemin du retour, je vis passer un pick-up blanc avec trois personnes à l'intérieur. J'eus juste le temps de voir Ethan qui conduisait sans m'adresser un regard. Je restai là un peu vexée. J'avais vraiment le sentiment d'être transparente. Il avait apparemment des soucis, si ce que disait Caroline était vrai.

En arrivant à la maison, je téléphonai à mon père.

— Salut Papa, je suis invitée à une soirée chez une copine, c'est ce soir, est-ce que ça te gêne si j'y vais ? Tu n'avais rien prévu ?

— Déjà ? C'est vraiment chouette, toi qui avais peur de ne pas t'intégrer ! En fait, j'avais prévu de t'emmener au grill de l'aviateur, mais va plutôt à ta soirée, on se fera ça une autre fois. Tu as besoin que je t'y conduise ou quelqu'un passe te chercher ? Je pense qu'il faudrait que tu passes le permis, maintenant qu'on n'est plus dans une grande ville. Il n'y a pas beaucoup de bus le soir ici et ça ne me rassure pas que tu rentres seule à pied la nuit.

— Ne t'en fais pas, Sihème habite près du lycée et Caroline me raccompagnera en voiture.

— D'accord, fais attention hein ?

— Attention à quoi ?

Je sentis mon père mal à l'aise. Il se racla la gorge, essayant de se donner une contenance.

— Heu, eh bien à l'alcool, la drogue, je ne sais pas moi, tu sais, avec tout ce qu'on entend aux nouvelles, je suis parfois inquiet.

— Ne t'en fais pas, le rassurai-je. Tu sais bien que je ne touche pas à la drogue et que je suis suffisamment raisonnable pour ne pas trop boire.

— Oui, bon, passe-moi un coup de fil quand tu partiras, OK ?

— Très bien papa. Tu es le meilleur.

Je raccrochai contente d'avoir un père qui me faisait ainsi confiance. Je me sentais un peu coupable de lui faire faux bon, mais ce n'était que partie remise.

J'appelai directement Sihème pour lui dire que je viendrais ce soir puis passai le seuil de ma porte.

– 6 –

Après un léger goûter, je filai dans ma chambre. Il faisait déjà assez frais le soir et je ne pouvais pas vraiment me passer d'un pull. J'enfilai un pantalon gris et un haut bleu vif et m'attachai les cheveux en queue de cheval. C'était très décontracté comme tenue, mais cela me permettait de me sentir à l'aise. Je n'avais pas envie de passer pour la citadine de service et je souhaitais avant tout ne pas trop me faire remarquer. J'avais eu ma dose aujourd'hui sur ce plan. Je regardai ma montre. 18h30. Il fallait y aller. Je pris un plan et sortis.

Je trouvais sans difficulté la maison de Sihème.

Elle était rouge et blanche et ne dénotait pas dans le paysage. Sihème vint m'ouvrir avec le sourire et me fit entrer.

— C'est super que tu sois là ! Entre, Caroline ne devrait pas tarder. On va manger et regarder un film après. Tu as amené ton pyjama ?

Je restai bouche bée à la dévisager sans rien dire.

— C'est une blague, fit-elle en me donnant un petit coup de coude, je voulais juste voir ta tête !

Je respirai et me détendis un peu. Ils avaient le sens de l'humour dans le coin. J'allai m'installer dans le canapé.

— Tes parents sont là ?

— Non, ils sont sortis, je les mets en quelque sorte dehors quand je fais une petite soirée. Ah, voilà Caroline, je pense.

Elle alla ouvrir et Caroline vint me faire une bise, ce qui me surprit.

— Resalut Sarah, alors, prête pour la peur de ta vie ?

— Comment ça ?

— Le film, Sihème ne t'a pas dit ce qu'on regardait ce soir ?
— Non ?
— L'exorciste ! Un classique du genre, j'espère que tu as le cœur bien accroché…
— Et on n'est que toutes les trois ? demandai-je.
— Oui, répondit Caroline, tu aurais préféré un petit gars pour te tenir la main ? Ethan peut-être ?
— Arrête un peu, je ne le connais pas, pourquoi me dis-tu ça ?
— Parce qu'il est entré en contact avec toi, dit-elle en pointant son index vers le ciel.
— En contact ? C'est un grand mot, il a juste porté quelques cartons devant chez moi.
— Oui, mais venant d'un extraterrestre comme lui, c'est déjà énorme. Ce garçon est une énigme vivante. Six ans qu'il est ici et il m'accorde à peine un semblant d'attention. Pareil pour les autres filles d'ailleurs. Il ne parle qu'aux deux autres de sa bande.
— Tu ne l'as jamais vu avec une copine ? demandai-je curieuse.
— Oh que si ! Et pas qu'une seule… Mais ça ne dure jamais bien longtemps. Je te le répète, il n'est pas vraiment pour toi.
— Arrête tes salades, Caroline, la coupa Sihème. Ne l'écoute pas Sarah, ça la rend juste folle qu'un mec puisse ne pas être attirée par elle.
— Tu l'as déjà vu sortir avec des filles ? demanda Caroline piquée.
— Non, mais avec des garçons non plus…
— Mouais. Moi je dis qu'il est bizarre. Il ne communique avec personne, traîne avec des loosers et s'absente souvent, dit Caroline. Une fois, je l'ai vu dans la rue, il parlait tout seul !
— Il est absent ? demandai-je.

— Oui, assez souvent, parfois pendant une ou deux semaines. Et quand il revient, il a des fois une plus sale tête qu'avant de partir ! Il y a un truc qui n'est pas clair chez lui.

Cela m'intriguait, mais je décidai de ne pas en demander davantage. Tout allait assez vite et j'avais toujours eu besoin de temps pour appréhender de nouvelles relations. Je changeai rapidement de sujet.

— L'exorciste ? C'est une sorte de bizutage ou quoi ? Vous voulez tester ma résistance ? Vous ne serez pas déçues, dis-je en m'amusant par avance.

Je n'avais jamais eu peur devant ce genre de films et j'étais la spécialiste des cris impromptus au bon moment pour faire sursauter tout le monde !

La soirée se passa merveilleusement bien, entre un repas délicieux préparé par la mère de Sihème et le film où mes interventions soudaines furent accueillies par de grands cris et des rires déchaînés. Je me sentais bien, j'avais vraiment eu peur en arrivant ici de ne pas retrouver de connivence particulière, mais dès le premier jour, ces deux-là m'avaient prise sous leur aile. Je les regardai rire en souriant, profitant pleinement de ce moment. J'avais besoin d'amies filles. Ce n'était pas simple de vivre tous les deux avec mon père, surtout depuis l'adolescence. Les premières règles, les premiers émois, je n'avais pas eu ma mère pour m'expliquer ce qu'il se passait. Mon père avait bien essayé, mais il était perdu et mal à l'aise. Un jour, il avait même demandé à une collègue de m'appeler pour parler avec moi des problèmes intimes des femmes. Moi qui étais pudique à l'extrême sur ces sujets-là, j'étais restée muette et avais bien cru étouffer de honte quand elle m'avait donné les raisons de son appel. Elle ne s'était heureusement pas formalisée quand je lui avais dit que je ne pouvais pas en parler à une inconnue et avait raccroché. Mon pauvre père était rentré tout penaud ce soir-là et ma colère avait vite fait place à un sentiment de compassion. Il souffrait autant que moi de l'absence de maman et il avait fait cela pour m'aider, même si c'était très maladroit. Mes amies m'apportaient cette présence féminine qui m'était nécessaire. La séparation avec mes amies de San Francisco avec été déchirante et j'avais pleuré de longues heures dans ma chambre la veille du départ. Bien sûr, on pouvait communiquer via internet et par téléphone, mais je savais que je sortirais de leur vie rapidement. J'avais déjà vécu un déménagement plus jeune et j'avais pu constater la non-permanence des liens à distance.

– 7 –

Je me levai en pleine forme, sans le stress qui m'avait envahie la veille. Je savais que je ne serais pas seule. J'avais hâte de rencontrer l'ensemble de mes professeurs et de discuter avec d'autres personnes de ma classe. Plutôt bonne élève, j'assumais complètement cet état de fait en dépit des moqueries plus ou moins gentilles dont étaient victimes les meilleurs de la classe. J'avais toujours pensé qu'il valait mieux être dénigrée pour ce que l'on était plutôt qu'appréciée pour ce qu'on n'était pas.

Mon père était prêt à partir. Je ne l'avais pas vu en rentrant la veille au soir, car il était déjà en train de dormir. Son nouveau boulot avait l'air de le fatiguer même s'il n'en disait rien. Je voyais bien les marques sombres sous ses yeux et ses traits tirés.

— Bonjour, papa, tu as bien dormi ?

J'avais toujours peur qu'il lui arrive quelque chose, qu'il tombe malade. Depuis la mort de ma mère, la peur de la maladie était chez moi viscérale. Je ne pouvais pas lire un article concernant la santé dans un journal sans ressentir de fortes bouffées de chaleur. Sa mort m'avait parue si rapide, si brutale. Ils ne m'avaient rien dit avant qu'ils ne soient certains qu'elle allait mourir. Ce qui était arrivé très vite, peu après qu'ils me l'aient annoncé. Je me souviendrai toute ma vie de ce moment, en tailleur sur le fauteuil saumon de notre salon, mes deux parents assis devant moi, me prenant la main et me regardant avec un mélange de douceur et de résignation. J'avais pleuré, hurlé, je ne comprenais pas comment ils pouvaient accepter cela. J'étais encore une enfant et je ne voyais qu'une seule chose : ma mère allait me quitter bientôt et rien ne pourrait changer cela. Je n'étais pas venue la voir à l'hôpital, elle ne l'avait pas voulu. Depuis sa mort j'avais peur qu'il arrive la même chose à mon père.

— Oui, ça va, mais une moto a pétaradé dans la nuit, ça m'a réveillé. Pas toi ?

— Non, je me suis endormie comme une masse.

— Et ta soirée alors ? Vous étiez combien ?

— Trois seulement, Caroline, Sihème et moi.

— Je ne t'ai pas entendu rentrer en tout cas.

— Je n'ai pas fait de bruit, je sais que tu es fatigué en ce moment, dis-je en guettant sa réaction.

— Non, ne t'en fais pas, on vient de déménager, j'ai un nouveau boulot, ça va vite aller mieux, je te le promets, dit-il en me regardant sérieusement.

Le psychologue pour enfants que j'avais vu à l'époque avait donné des consignes pour contrecarrer au mieux ma peur des maladies et de la mort. Me rassurer en faisait partie.

— Toi ne t'en fais pas, j'ai grandi, tu sais. Je gère maintenant.

— Je sais, mais tu seras toujours un peu mon bébé, je n'y peux rien, dit-il en souriant tendrement. Allez, bonne journée Sarah.

— Bonne journée papa.

Je restai seule en le regardant par la fenêtre. Je n'étais pas sûre de gérer, mais ce que je savais, c'était qu'il fallait qu'il le croie pour qu'il ne s'inquiète pas. Le stress était mauvais pour la santé.

Je partis au lycée à pieds, prenant le chemin que j'allai maintenant parcourir très souvent. J'avais changé pour ne pas passer le long de la voie rapide que je trouvais trop bruyante.

En arrivant, j'allai directement dans la classe d'anglais au rez-de-chaussée du bâtiment 1. Sihème était déjà là, Caroline non. Le professeur était en train de préparer ses notes, faisant totalement abstraction du brouhaha devant lui. Il était petit, presque chauve et barbu. Il me faisait plus ou moins penser à un des sept nains de Blanche Neige, mais il avait l'attitude posée et stable d'un homme que rien ne pouvait perturber. Je l'appréciais déjà, avant même qu'il ne commence son cours. J'observais toujours beaucoup les autres autour de moi, et j'étais passée maître dans l'art de prédire si un professeur aurait de l'autorité ou non. Pour celui-là, c'était indéniable. Une autorité bienveillante.

— Caroline ne vient pas au lycée avec toi d'habitude ? demandai-je à Sihème.

Elle me répondit en ne soutenant pas mon regard.

— Si, mais elle était fatiguée hier soir, je crois.

— Ah bon ? Elle n'avait pas l'air, quand elle m'a déposée elle semblait en pleine forme.

— En tout cas ce matin elle m'a appelé pour me dire qu'elle serait peut-être en retard, me répondit Sihème, un peu hésitante.

Elle me cachait clairement quelque chose et j'étais bien décidée à découvrir quoi.

— Je peux me mettre à côté de toi alors ?

— Non, je lui garde sa place, elle devrait être là dans quelques minutes. Ce n'est pas que je ne te veux pas à côté de moi, mais si elle arrive et qu'elle doit se mettre devant, ça va être un drame telle que je la connais !

— Pas de soucis, dis-je en regardant les places libres. Il n'y en avait plus que quelques-unes dans les premiers rangs. Je m'assis à celle située près de la fenêtre et du radiateur, deux endroits stratégiques, puis sortis mes affaires. Je fouillai dans mon sac, penchée sur la gauche, quand je sentis une présence à mes côtés. Je relevai la tête et regardai mon voisin étonnée. Ethan venait de prendre place à ma droite, avec naturel et décontraction. Il m'observa, m'adressa un signe de tête et un léger sourire et s'installa tranquillement.

— Bonjour, lui dis-je. Encore merci de m'avoir aidé la dernière fois.

— De rien, me répondit-il en continuant ce qu'il était en train de faire.

Incroyable. Il me snobait complètement. Pourtant il y avait d'autres places libres. Il avait donc choisi de se mettre à côté de moi.

Le cours commença. Attentive, je prenais des notes sans m'occuper de mon voisin. Il faisait de toute façon peu de cas de ma présence. Pourquoi me sentais-je mal ainsi ? Il ne voulait apparemment pas communiquer, que ce soit avec moi ou avec les autres. Je jetai un coup d'œil discret derrière moi. Caroline n'était pas arrivée, elle devait être malade. À mes côtés, Ethan jouait avec son crayon, regardant le professeur sans écrire une ligne. Il se fichait clairement de lui en se mettant au premier rang pour bien montrer qu'il ne faisait rien. Je le dévisageai un peu agacée. Au bout de dix secondes qui me parurent interminables, il tourna la tête vers moi.

— Il y a un problème ? me demanda-t-il narquois.

Je levai les yeux au ciel et retournai à mon cahier. J'avais franchement envie qu'il se lève et parte, ce qu'il ne fit évidemment pas.

La sonnerie retentit au bout d'une heure. Ethan rangea son crayon qui n'avait pas servi et sortit nonchalamment. Il retrouva ses deux acolytes dans le couloir. Marc et Thomas n'avaient carrément pas pris la peine de venir en cours. En sortant, je leur lançai un regard noir. Ce type de comportement m'énervait au plus profond de moi-même. Manquer de respect à des enseignants compétents était pour moi une attitude puérile à l'extrême. Que cherchaient-ils ? À être renvoyés ? Cela créait une ambiance de travail délétère et un climat désagréable. J'avais toujours été préservée de ce genre d'individus dans mon collège privé de centre-ville et je ne savais pas vraiment comment me comporter avec eux. J'avais souvent été tutrice pour des élèves un peu en difficulté et j'avais envie d'aider ce Ethan, mais il ne semblait pas rechercher un support quelconque de ma part.

— On dirait que tu ne t'es pas fait une amie Ethan ! ricana Thomas en remettant une mèche blonde en arrière.

Ethan ne répondit pas, son éternel petit sourire sur les lèvres. À croire qu'il était figé dans cette position. Il partit simplement dans le couloir suivi de Thomas et Marc, me laissant là furieuse.

Sihème venait de sortir et me toucha l'épaule.

— Laisse tomber Sarah, ce sont des idiots.

— Il est différent des autres, du moins j'en ai l'impression. Il y a quelque chose chez lui qui ne colle pas avec ce qu'il montre, lui répondis-je.

— Peut-être, c'est vrai qu'il est plus discret et n'embête finalement personne. C'est juste qu'il traîne avec des caïds.

Les cours suivants, je me mis à côté de Sihème, évitant soigneusement Ethan et sa bande, ce qui me permit de mieux suivre ce que le professeur disait. Je n'allais pas gâcher mon année à cause de ce garçon.

– 8 –

En sortant du lycée à seize heures, j'appelai Caroline.
— Allo Caroline ? C'est Sarah.
Une voie embrumée me répondit. Elle ne semblait manifestement pas en forme.
— Ouais, salut Sarah.
— Comment vas-tu ? J'ai vu que tu n'étais pas au lycée aujourd'hui. Tu es malade ?
— Heu, oui, j'ai mal à la tête répondit-elle un peu hésitante.
— Tu veux que je passe te voir ?
— Non, je suis trop crevée. On se voit demain ? En tout cas merci d'avoir appelé.

Elle raccrocha et je restai là un peu étonnée. Elle ne m'avait clairement pas dit la vérité, j'avais le chic pour sentir ces choses-là. Je retournai à l'intérieur d'un pas décidé et abordai Sihème qui sortait en discutant avec la professeur de français. C'était une très bonne élève, appréciée des enseignants. Elle voulait devenir neurologue et s'en donnait les moyens.

— Sihème, j'ai eu Caroline au téléphone, ça n'a pas l'air d'aller très fort. Tu l'as appelée toi ?
— Non, je sais qu'elle n'aime pas qu'on l'appelle quand…

Elle s'arrêta, baissa les yeux et tenta de changer de sujet.

— Je discutai avec Madame Firia du travail de groupe à faire, tu sais, les exposés. Tu veux bien qu'on se mette ensemble ? J'aimerais faire quelque chose sur les maladies neurodégénératives.

J'écarquillai les yeux. Drôle d'idée pour un exposé.

— Je ne sais pas encore, le sujet ne me parle pas trop.

Je revins à la charge.

— Tu as changé de sujet concernant Caroline, qu'est-ce que tu ne me dis pas ?

Elle sembla gênée et me regarda sérieusement.

— Écoute Sarah, on ne te connaît pas depuis longtemps, et certaines choses ne sont pas forcément faciles à dire. Caroline a des soucis. Parfois. Ce n'est pas à moi de te dire ce que c'est. Si elle veut le faire, elle le fera, mais si je te raconte ses problèmes à son insu, elle m'en voudra à mort. C'est mon amie, je ne lui ferai jamais de mal.

Interloquée, j'essayais d'imaginer ce qu'il pouvait se passer, en vain.

— D'accord, je comprends, tu as raison. C'est vrai que c'est délicat pour toi et apparemment elle n'avait pas vraiment envie de m'en parler au téléphone. Je lui dirai juste que si elle a besoin de discuter, je suis là.

— Merci de ne pas insister en tout cas, c'est difficile pour moi de ne pas en parler, de garder ce qu'elle me dit pour moi. J'ai envie de l'aider et je n'y arrive manifestement pas.

Je soupirai, je savais ce que c'était de se sentir impuissante devant la détresse de quelqu'un et à quel point c'était douloureux à vivre.

— Ne t'en fais pas, je comprends, tu es une super amie pour elle, elle a de la chance de t'avoir. Bon, allez, je repars, il faut que je bosse un peu le cours de maths de demain, il a dit qu'il nous ferait passer au tableau sur l'exercice 3.

— OK, salut Sarah, à demain.

Je marchais tranquillement pour rentrer chez moi, tournant à l'angle de la 2e rue quand la camionnette blanche d'Ethan passa devant moi. Il devait habiter près de chez moi vu que je n'arrêtais pas de le voir. Je continuai la tête haute sans le regarder quand la voiture s'arrêta quelques mètres devant moi. Je levai un sourcil et marchai plus lentement. Qu'est-ce qu'il me voulait ? Instinctivement, j'eus un réflexe de peur. Après tout je ne le connaissais pas et on m'en avait plutôt dit du mal. La rue était déserte, comme souvent par ici et je me sentis vulnérable. Voyant que je m'étais arrêtée, il passa la tête par la fenêtre.

— Alors, tu es en panne ? Plus de pile ?

Assez vexée, j'avançai vers lui.

— Ah, tu parles alors… Qu'est-ce que tu veux ? lui demandai-je un peu bougonne.

Il m'avait ignoré tout à l'heure et s'arrêtait maintenant pour me parler. J'avais l'impression qu'il jouait avec moi comme un chat avec une souris.

— Excuse-moi pour tout à l'heure. Je ne voulais pas te déranger ni t'empêcher de suivre le cours. Si ça a été le cas, j'en suis désolé, vraiment, me dit-il un peu penaud. Ses yeux bleu mordoré ne me lâchaient pas et j'avais peine à garder mon cerveau en état de marche. Il me troublait, ce qui était très nouveau pour moi. Je ne savais pas comment réagir et me sentais idiote de ne pas avoir d'idées pour lui répondre.

— Tu ne m'as pas empêché de prendre des notes, pas de soucis, dis-je enfin en me mordant les lèvres devant la banalité de ce que je lui disais.

— Tant mieux. Je sais que je n'ai pas bonne réputation auprès de tes amies, mais ne crois pas forcément tout ce qu'on dit sur moi.

Je le regardai en fronçant les sourcils, interrogatrice.

— Et à ton avis, que dit-on de toi ?

Il réfléchit quelques instants, les yeux fixés par terre.

— Que je ne suis pas très fréquentable probablement.

— Et ? C'est vrai ? lui demandai-je en essayant de paraître sûre de moi.

— Tu me le diras.

Il me fit un signe de tête et remonta la vitre de sa voiture, redémarrant doucement.

Qu'est-ce que cela signifiait ? Il me faisait des avances ou quoi ? Me balancer ça et repartir en me laissant sur le bord de la route sans même me proposer de me raccompagner m'énerva de nouveau. Qu'est-ce que c'étaient que ces manières étranges ? Je le regardai partir pensivement. Il battait le chaud et le froid, m'attirant dans ses mailles. Et le pire était que cela fonctionnait à merveille. Je pensais de plus en plus à lui. Le fait de ne pas savoir ce qu'il ressentait me faisait y réfléchir sans cesse. Pourtant je n'avais eu que très peu de contacts avec lui, mais il ne me laissait clairement pas indifférente.

Je secouai la tête et rentrai chez moi, en marchant rapidement pour me défouler.

En arrivant, je me mis à mes devoirs pour le lendemain en essayant de ne plus penser ni à Ethan ni à Caroline.

– 9 –

En entendant la sonnerie du réveil, je sautai de mon lit. Je voulais cette fois choisir ma place en classe et ne pas me retrouver coincée comme la veille.

En arrivant, je repérai rapidement Caroline qui fumait seule sur les marches, les cheveux lâchés et le regard dans le vague.

— Salut, Caroline, ça va mieux ?

Elle me regarda surprise.

— Tu es déjà là ?

— Apparemment, tu es aussi matinale que moi.

Elle sourit tristement.

— Qu'est-ce que tu as eu hier ? lui demandai-je de façon peu naturelle.

— Mal de crâne, j'étais patraque. Ça m'arrive de temps en temps. Est-ce que Sihème t'en a parlé ? demanda-t-elle avec une pointe d'inquiétude.

— Non, elle ne m'a rien dit.

— D'ac. Tu pourras me donner les cours d'hier en sortant ce soir ou tu en as besoin ?

— Non non, je te les passerai, pas de soucis.

J'observai ses yeux cernés et me demandai ce qu'il s'était vraiment passé la veille.

J'entrai avec elle dans le lycée et allai m'asseoir directement dans la salle.

— Je te rejoins tout à l'heure, dit Caroline. Je passe aux toilettes.

J'étais la première à entrer et cela me procura un drôle de sentiment de contrôle sur mon environnement. Dans quelques minutes, la salle se remplirait de vie et tout changerait.

Johanna venait d'arriver et s'assit sans m'adresser un regard. Elle était toujours habillée tout en noir.

Sihème m'adressa un grand sourire que je lui rendis. J'avais envie qu'elle ou Caroline vienne s'asseoir à côté de moi, mais ce ne fut pas le cas. J'avais encore peu d'amis dans cette classe. J'étais dans mes pensées quand quelqu'un prit place à côté de moi.

— Bonjour Sarah, me dit Ethan dans un sourire.

— Bonjour Ethan, répondis-je en rougissant.

Je pensais qu'il éviterait de se mettre à côté de moi, mais manifestement, ce n'était pas le cas. Et il me parlait même devant les autres ! Je croisai d'ailleurs le regard étonné de Sihème qui me regarda en écartant les mains de surprise et en me faisant un clin d'œil, ce qui acheva de me rendre écarlate. Ethan fit semblant de ne pas le remarquer, me faisant le remercier intérieurement. Une remarque de sa part et je me serais liquéfiée sous la table.

Durant le cours, il prit quelques notes, faisant visiblement un effort pour sortir du rôle qu'il jouait d'habitude. Le professeur le félicita d'ailleurs à la fin de l'heure.

— Monsieur Matthews, toutes mes félicitations, il y a du progrès par rapport à hier ! Puisque votre voisine semble avoir une bonne influence sur vous, vous travaillerez ensemble la démonstration du chapitre 4 pour l'expliquer la semaine prochaine à la classe.

J'écarquillai les yeux de surprise et de stress. Devant tout le monde ? Et il allait falloir que je travaille avec lui avant ?

Résignée, je baissai les épaules et rangeai mes affaires. Ethan fit de même sans rien dire. Il devait être agacé de devoir faire ses devoirs avec moi.

— Bon, on se voit quand pour bosser alors ? me demanda-t-il simplement.

— Ça ne te gêne pas de devoir fréquenter une bûcheuse comme moi ? le questionnai-je.

— Non, c'est plutôt moi qui devrais te poser la question, dit-il avec un regard inquiet. Alors, quand est-ce que je peux venir chez toi ?

— Chez moi ?

Je ne me sentais de toute façon pas sereine d'aller seule chez lui.

— Oui, chez moi, ce n'est pas possible.

— Pourquoi ?

Il baissa les yeux et je vis ses traits se durcir.

— Ce n'est pas possible. Il n'y a rien de plus à dire.

Son regard si doux auparavant été devenu froid. Il était manifestement en colère et je ne savais plus où me mettre.

— Excuse-moi, je pose souvent des questions, je suis trop curieuse.

Il se reprit rapidement.

— Ce n'est rien. Donc quand ?

— Heu, demain soir ? C'est possible ?

— OK pour demain.

— Tu veux que je te donne l'adresse ?

Il me sourit gentiment.

— Je sais où tu habites Sarah, souviens-toi, c'est là où je t'ai vue pour la première fois.

Je me sentis ridicule.

— Bien sûr, où avais-je la tête ? Je perds la boule, dis-je en faisant une grimace.

53

Ses yeux se rétrécirent de nouveau et une expression indéfinissable passa sur son visage.

— Il y a quelque chose qui ne va pas ? C'est ce que je viens de dire ?

— Non, dit-il, j'ai cru que quelqu'un m'appelait dans le couloir, mentit-il délibérément.

Il partit brutalement, me laissant perplexe et gênée, debout devant ma table. Caroline et Sihème venaient de me rejoindre.

— Dis donc, il n'avait pas l'air content... De quoi vous parliez ? demanda Sihème.

— Au moins, il lui parlait, c'est déjà énorme ! rétorqua Caroline. Alors, raconte-nous tout.

— On s'est vus hier soir en rentrant et on a juste un peu parlé. Et puis ce matin aussi.

— Eh ben, siffla Caroline. Deux jours et tu te mets Ethan le ténébreux dans la poche... Il va falloir que tu me donnes tes tuyaux, car là, chapeau bas !

— Oui, enfin, c'est parce que le prof nous a demandé de faire un exposé ensemble qu'il m'a proposé de venir chez moi.

— Chez toi ? s'étonna Caroline. Tu as un ticket ma belle, c'est clair. Votre exposé, vous auriez pu le préparer à la bibliothèque...

Je n'y avais pas pensé, mais en effet, elle avait raison. Ça et ce qu'il m'avait dit hier, cela montrait peut-être qu'il y avait quelque chose entre nous. Mais quoi ? Il était si changeant, je n'arrivais pas à le cerner. Je me sentais souvent démunie quand il me parlait.

− 10 −

Le lendemain matin, un peu barbouillée, je m'habillai en vitesse. Mon réveil n'avait pas sonné et j'étais en retard. Je me regardai rapidement dans la glace. Un jean bleu clair, un pull blanc, les cheveux vaguement en désordre. De toute façon, je ne pouvais pas faire mieux pour ce matin. Je descendis les marches deux à deux et enfournai mes tartines et mon lait tout en regardant l'horloge. J'avais 10 minutes pour arriver en classe. C'était plus que juste. Mon père était déjà parti. Je sortis et commençai à trottiner sur la route, mais un point de côté me rappela vite à l'ordre et je me remis à marcher. Il faudrait vraiment un jour que je devienne plus sportive.

Enfin, le lycée se profila devant moi, mais les autres étaient déjà rentrés. En arrivant dans la classe de mathématiques, je regardai directement ma place, que je vis occupée par Johanna qui parlait avec Ethan. Une jalousie soudaine monta dans mes veines. Il avait l'air de bien discuter avec elle aussi, à quoi jouait-il en réalité ? Je filai m'asseoir à la seule place libre au milieu de la deuxième rangée et sortis mes affaires sans bruit. Le professeur venait juste d'arriver et ne me fit aucune remarque.

Le cours me parut long et insipide, comparé à la dernière fois. Habituellement bonne élève, je ne pensais qu'à Ethan, le regardant souvent. Il jouait ostensiblement avec son crayon, ne faisant que peu de cas de ce que disait le professeur. Caroline était arrivée en retard comme à son habitude. Elle en profitait pour sourire aux garçons qui admiraient ses formes généreuses quand elle entrait. Elle était vraiment incroyable. Elle avait un tel aplomb ! Mais je percevais chez elle une énorme fragilité. Tout ça n'était qu'une façade trompeuse, je le sentais au fond de moi.

En sortant du cours, j'accélérai le pas en passant devant Ethan et Johanna. Celle-ci m'adressa un regard noir.

— Sarah ?

Je perçus le haussement d'épaules moqueur de Johanna et me retournai d'un coup vers elle.

— Quoi ? Mon nom te fait rire ? lui lançai-je en m'avançant vers elle menaçante.

Elle ne bougea pas et me regarda derrière la mèche rousse qui lui tombait devant les yeux, un petit sourire aux lèvres.

— En fait oui, dit-elle, me cherchant visiblement.

Je soupirai et levai les yeux au ciel. Cela ne servait à rien de m'énerver. Elle n'en valait pas la peine, et lui non plus.

— Aux imbéciles, on répond par le mépris, me disait ma grand-mère...

Et je partis la tête haute, bientôt rattrapée par Ethan. Il me prit le coude et me regarda interrogateur.

— Et ce soir ? Toujours OK pour que je vienne chez toi ?

Il me prenait un peu au dépourvu. Il était encore tôt et j'étais sur les nerfs. Il ne s'en rendait pas compte ?!

— Heu, oui. Je n'en ai pas encore parlé à mon père, je l'appellerai ce midi. Par contre, ça fait juste pour lui dire que tu viens manger, lui dis-je assez sèchement.

Il prit son sac et me mit une main sur l'épaule en s'approchant de moi.

— Pas de soucis, je te laisse tranquille, car tu n'as pas l'air bien disposée à mon égard là...

Il partit tranquillement, avec sa démarche nonchalante et sûre de lui, me laissant encore une fois plantée là. Je m'aperçus à ce moment que j'avais retenu mon souffle depuis qu'il m'avait touché l'épaule. Je n'avais jamais eu de petit ami et les contacts avec le sexe opposé s'étaient limités à quelques danses dans des soirées. Je me sentais étrange et une douce chaleur m'avait envahie. Un mélange de vague colère et d'attirance sous-tendait chacun de nos rapprochements. Je lui en voulais, car j'avais l'impression qu'il jouait avec mes nerfs. Mais je ne pouvais plus nier que j'avais envie de passer plus de temps avec lui.

Perdue dans mes pensées, je ne vis pas Johanna qui me regardait toujours fixement de son regard froid et métallique.

Une voix me tira de ma rêverie.

— Sarah, dit Caroline, on se refait une soirée filles ce soir, mais on sera plus nombreuses. Ce sera chez moi cette fois. Tu viens j'espère ?

— Ah mince, désolée, Caroline, j'ai un… heu, avec Ethan on doit faire le truc de maths, tu sais celui dont le prof a parlé ?

— Ah oui, rigola-t-elle. Sacré entremetteur ce prof ! On peut dire que ça t'arrange plus que s'il t'avait demandé de le faire avec moi !

— C'est du boulot, dis-je sans arriver à me persuader moi-même.

— Ne t'en fais pas, j'arrête de t'embêter, tu me fais trop mal au cœur à bredouiller comme ça, rouge comme une pivoine.

J'eus soudain très chaud, il fallait vraiment que j'arrive à contrôler mes émotions. Je pris une grande respiration et souris à mes deux nouvelles amies manifestement ravies de voir qu'elles avaient réussi à me faire me dévoiler un peu. Oui, Ethan me plaisait, il fallait que je l'admette. Il y avait chez lui ce je ne sais quoi qui faisait que sa présence commençait à éclairer mes journées. En même temps, j'avais un drôle de pressentiment. Je sentais qu'il se cachait derrière un masque. Qui était-il vraiment ? Il était peu loquace et le faire parler de lui risquait d'être difficile pour ne pas dire impossible.

Je me dirigeai vers la salle d'anglais en essayant de ne pas trop y réfléchir. Le voir ce soir me mettait assez mal à l'aise. J'avais surtout peur de la réaction de mon père. Il avait toujours été trop protecteur vis-à-vis de moi depuis la mort de ma mère. Je ne pouvais pas lui en vouloir, mais son attitude vis-à-vis des garçons qui tentaient de m'approcher était souvent assez peu nuancée. Je ne lui avais encore rien dit et espérais que l'effet de surprise l'empêcherait de trop stresser.

Le midi, je me dirigeais avec bonheur vers le réfectoire. J'avais franchement faim et le menu "spaghettis bolognaises" m'avait mis l'eau à la bouche. C'était un peu ma madeleine de Proust, un retour en enfance qui me rappelait les bons plats cuisinés par ma grand-mère. Elle avait longtemps vécu à Little Italy, le quartier italien de New York. Pizzas et pastas avaient ainsi rythmé les repas familiaux, à ma plus grande joie. La cantine était bondée et un brouhaha permanent s'élevait au-dessus des tables bleues. Ce lycée n'avait pas lésiné sur les couleurs. Il y en avait partout. Cela différait beaucoup de mon ancien établissement, où les murs et le mobilier se déclinaient dans des teintes de blanc et de gris.

J'allai prendre un plateau quand une secousse à l'épaule me fit me retourner. Johanna me regardait, l'air mauvais, un rictus au coin des lèvres.

— Tu ne peux pas faire attention ? dit-elle assez fort pour que plusieurs personnes se retournent dans la file.

Je la regardai avec un mélange d'étonnement et d'énervement.

— Quoi ? Tu n'es pas gonflée, c'est toi qui m'as bousculée ! lui répondis-je en me retournant vers mon plateau.

— Ouais, c'est ça. Tu as l'habitude qu'on te passe tout, ça se voit. Bourgeoise va, siffla-t-elle entre ses dents.

Je respirai calmement et profondément pour me faire passer l'envie de lui mettre ma main dans la figure et décidai de ne pas relever. Après tout, c'était ce qu'elle recherchait et je n'étais pas prête à lui donner satisfaction. Des filles comme elle, j'en croiserai d'autres dans ma vie, si je commençais à me battre avec toutes je n'avais pas fini. Et je ne souhaitais pas me faire renvoyer par sa faute.

— Et en plus, elle est lâche, dit-elle en ricanant.

Je ne relevai pas et pris mes couverts avec une lenteur exagérée pour la faire enrager. Je continuai à faire la queue, Johanna dans mon dos. Cela me stressait et j'avais envie de tout planter là et de partir de la cantine. Les spaghettis ne m'attiraient finalement plus trop. Mais sortir de la file étant plus compliqué que d'y rester, et j'arrivai enfin devant les plats. Il ne restait plus de sauce bolognaise et je dus me contenter de pâtes nature. De toute façon, je n'avais plus très faim vu la boule qui me serrait la gorge. Pourquoi cette fille me détestait-elle à ce point ? Cela ne m'était jamais arrivé avant et je ne comprenais pas ce qu'il se passait. En me dépassant, elle me donna un coup d'épaule qui renversa mon verre sur mon plateau, mouillant mon pain.

— C'est pas vrai, tu veux vraiment m'énerver jusqu'au bout ! lui dis-je en me retournant. Je ne vais pas refaire la queue pour reprendre du pain. Donne-moi le tien du coup, tu l'as fait exprès !

— Non, mais ça ne va pas la tête, répondit-elle faussement ingénue. Qu'est-ce que tu racontes ? Tu crois que mon but dans la vie est de saccager ta nourriture ? Tu n'aurais pas un petit problème de paranoïa ?

Je sentais mon sang bouillir dans mes veines. Cette fille me cherchait manifestement, mais encore une fois je ne comprenais pas pourquoi. Qu'en retirait-elle ? Elle avait envie que je me mette en colère, je ne lui donnerai pas ce plaisir, pensais-je en me mordant la lèvre pour tenter de me contrôler.

— Décrispe, Sarah, soupira une voix chaude dans mon oreille.

Une main passa sur mon épaule et je tournai la tête. Je ne l'avais pas vu venir, mais Ethan venait de se placer entre Johanna et moi, m'emmenant doucement, mais fermement, vers une table. J'essayai de résister un peu, ayant toujours une vague envie d'en découdre avec cette fille, mais il accentua la pression sur mon épaule et je cédai finalement.

— Tu te prends pour la police ? lui assenai en le regardant droit dans les yeux. Je remarquai immédiatement ses cernes bleutés et son regard fatigué. Ma colère retomba d'un coup.

— Il y a quelque chose qui ne va pas ? lui demandai-je doucement.

Merci de m'avoir tiré de là, ajoutai-je sincère.

— Tu avais l'air de ne plus pouvoir te contrôler plus de quelques secondes, je n'ai pas envie de perdre mon binôme de maths à cause d'une exclusion. Pour une fois que j'ai quelqu'un de bon avec qui bosser !

— Ah, dis-je un peu vexée. Ce n'est que pour ça ?

Il me regarda amusé.

— Dis-moi, l'humour et le second degré, ce n'était pas au programme dans ta ville apparemment, mais ici, tu verras que ça sauve pas mal… me dit-il d'un ton sarcastique en levant un sourcil amusé.

— OK, c'est bon, je sais. Je suis la pimbêche bourgeoise qui vient de la ville et qui arrive chez les bûcherons pleins de qualité. Il n'empêche qu'ici aussi il me semble que les gens ont quelques soucis vu leur comportement. Johanna est complètement frappée, Caroline passe son temps à éluder mes questions quand je lui demande pourquoi elle n'est pas venue hier ou ce qu'elle a fait dans la soirée et toi…

Je m'arrêtai, consciente que j'allais trop loin.

— Et moi quoi ? demanda-t-il en plissant imperceptiblement les yeux, durcissant son regard.

— Rien, dis-je en baissant les yeux.

— Mais si, vas-y, et moi quoi ? insista-t-il.

— Eh bien tu… tu me montres parfois que tu t'intéresses à moi puis tu me parles à peine, j'ai l'impression que tu m'évites. D'autres fois, tu viens me sauver comme superman en débarquant de nulle part ! Je ne sais pas si…

— Tu ne sais pas quoi ? me demanda-t-il, prenant apparemment un malin plaisir à me regarder me tortiller de gêne.

Je baissai les yeux, sentant mes joues se cramoisir. Pas maintenant ! Soit il ne comprenait rien à rien, soit il était vraiment aveugle.

— Je ne sais pas si tu m'apprécies ou si tu joues avec moi, lui dis-je d'un ton un peu sec, attendant une réponse claire.

Au bout de quelques secondes, je relevai la tête. Ethan n'avait toujours rien dit. Il me regardait et semblait désemparé, loin de l'image qu'il renvoyait en général. Il se reprit dès qu'il sentit mes yeux posés sur lui et retrouva son air amusé.

— À ton avis ? dit-il en s'approchant d'un pas.

Je retins mon souffle. Je n'allais pas me faire avoir aussi facilement avec ce genre de pirouette et décidai d'y aller frontalement. Il me cachait quelque chose et je voulais savoir quoi.

— OK, tu ne veux pas répondre, mais j'ai une autre question. Pourquoi te caches-tu derrière ce masque sans arrêt ? J'ai bien vu ton expression quand j'ai relevé la tête, avant que tu ne reprennes ton flegme habituel. Pourquoi es-tu absent si souvent ? Pourquoi fais-tu semblant d'être quelqu'un que tu n'es pas en traînant avec ces deux gars ? Et les autres disent que…

— Que quoi ? Vas-y, fais-moi part des derniers ragots, ça m'intéresse ! dit-il avec une expression glaçante qui me fit fris-

sonner. Je sentis une tension énorme chez lui et reculai imperceptiblement.
— Que tu te drogues, lâchai-je dans un souffle.
Il avala sa salive et se passa la main dans les cheveux. Ses yeux brillaient de colère.
— Crois ce que tu veux après tout. Je suis un junkie, c'est ça. Je t'avais dit que tu n'avais rien à faire avec moi, pourquoi t'obstines-tu ? Tu cherches quoi au fond ?
Sa voix était forte, il semblait faire des efforts démesurés pour se contrôler, mais je n'avais pas envie de le laisser partir sans en savoir plus.
— Je ne crois pas que tu te drogues Ethan, mais je sais qu'il y a quelque chose que tu caches et j'aimerais t'aider.
— M'aider, dit-il en soupirant, comme si tu pouvais m'aider !
— C'est sûr que si tu ne dis rien, personne ne peut t'aider !
— Écoute Sarah, je n'ai pas envie d'en parler et surtout pas ici. C'est toujours d'accord pour ce soir ? Quelle heure ? demanda-t-il d'un ton neutre.

Il avait changé de sujet et de ton tellement rapidement que je compris qu'il avait l'habitude de détourner ainsi les conversations. Il avait de nouveau ce masque et cette attitude insolente qu'il prenait pour se protéger. Mais de quoi ? Il n'avait pas non plus répondu à ma demande initiale et je me sentais ridicule. Je lui avais quasiment dit qu'il me plaisait et lui avait éludé. Encore. Peut-être se droguait-il vraiment finalement, cela expliquerait ses absences, ses incohérences et ses secrets.

Pourquoi est-ce que je m'entichais toujours de garçons à qui je ne plaisais pas ou qui avaient de gros soucis ? Une psychologue m'avait un jour dit que c'était pour me punir inconsciemment de la mort de ma mère. Je tentais de recréer l'abandon que j'avais vécu, encore et encore. Cette explication me semblait un peu fumeuse et surtout très déprimante et je la mis de côté une fois de plus.

Je cherchai Sihème du regard, mais elle était déjà en train de remettre son plateau vide dans les conteneurs dédiés à cet effet. Un bref coup d'œil vers Ethan, qui riait en me regardant avec Marc, me coupa définitivement l'appétit et j'allai poser mon plateau directement à la sortie. Cela me semblait clair que Ethan se fichait de moi. Il ne viendrait sûrement pas ce soir. D'ailleurs j'espérais maintenant qu'il ne vienne effectivement pas.

– 11 –

Le reste de la journée s'était écoulé de façon lente et monotone. J'étais restée dans un état psychologique très moyen, tâchant d'éviter au maximum Johanna qui commençait sérieusement à me faire peur. Sihème avait eu d'autres cours que moi l'après-midi et Ethan avait séché. La solitude me pesait dans cette nouvelle vie. Je ne comprenais pas les codes des adolescents d'ici et la grande ville me manquait. En sortant, mon ventre criait famine, mais je ne trouvais aucune boulangerie où m'acheter un gâteau. Cela m'aurait pourtant bien réconforté. À San Francisco, j'avais mes habitudes dans une multitude de petites échoppes. Mais c'était une exception aux États-Unis et ici à Fairbanks, la nourriture n'était manifestement pas une priorité. Je rentrai donc le ventre vide, dépitée et le moral dans les chaussettes.

En arrivant, mon père n'était pas là et je me sentis encore plus seule. Des larmes commencèrent à couler sur mes joues. J'en avais assez, je voulais retrouver ma vie, mes amies, ma mère, mon ancien lycée, ma ville. De violents sanglots me secouèrent soudain. Des idées de fugue me venaient à l'esprit. Je ne me voyais pas continuer ainsi. Assise par terre, je pleurais pendant de longues minutes, ce qui me soulagea un peu. Me relevant, je m'approchai de la glace et regardai mes yeux noircis. Mon mascara soi-disant waterproof ne l'était manifestement pas tant que cela… Je m'essuyai le visage, pris un coton et rattrapai les dégâts du mieux que je le pus puis me mouchai bruyamment. Une petite marche me ferait du bien. Je repris mon manteau et m'apprêtai à sortir quand je vis le déluge de pluie qui s'abattait dehors. À bout de nerfs, je jetai mon vêtement sur la table et montai dans ma chambre. Une migraine commençait à pointer le bout de son nez. Ma journée était décidément parfaite…

Je regardai ma montre. 18 h. Ethan n'allait pas tarder. Un bruit de moteur devant la maison me fit me lever brutalement de mon lit. Pas déjà quand même ! J'avais encore les yeux gonflés et je n'avais même pas pris le temps de déballer mes affaires. En regardant par la fenêtre, je poussai un soupir de soulagement, c'était mon père qui rentrait du travail.

Je descendis l'escalier pour l'accueillir et l'informer de la venue d'Ethan ce soir.

— Salut, papa, tu as passé une bonne journée ?

Il me regarda interloqué.

— Meilleure que toi apparemment, tu as pleuré Sarah ?

Je ne pouvais pas lui cacher grand-chose et les larmes affleurèrent de nouveau.

— Oui, heu, je suis fatiguée.

Il posa son manteau et vint vers moi.

— Tu es sûre ? Tu me dis si ça ne va vraiment pas, hein ? Tu sais que tu peux tout me dire Sarah.

Il me remit une mèche de cheveux derrière l'oreille et je lui souris tristement. Oui, je le savais bien, mais il y avait des choses que je n'avais pas envie de lui dire. Ma mère me manquait et il ne pouvait pas toujours la remplacer. Je ne voulais pas lui faire de peine et n'avais pas envie de l'embêter avec mes états d'âme. Après tout, lui aussi devait s'adapter à cette nouvelle vie, et même s'il ne se plaignait jamais, je voyais bien sûr son visage qu'il était fatigué.

— Ne t'en fais pas papa, ça va, c'est juste que j'ai parfois un peu de mal à m'habituer à Fairbanks. C'est quand même très différent de San Francisco.

— Je ne te le fais pas dire, dit-il en riant. Mais je suis sûr que d'ici quelques semaines tu adoreras. Il paraît qu'en hiver les paysages sont très jolis ici.

— Oui, mais vu qu'il fait —40 on ne les verra pas beaucoup sinon on ressemblera à des pingouins sur la banquise…

L'image était drôle et nous partîmes dans un grand fou rire qui me fit un bien fou.

Reprenant peu à peu mon souffle, je me dirigeai vers le réfrigérateur.

— Ça ne te gêne pas si je mange maintenant, c'était franchement mauvais à la cantine et je n'ai pas avalé grand-chose, dis-je en sortant une tranche de jambon et du pain de mie.

— Non, vas-y, j'ai eu un pot de départ d'un collègue et je n'ai pas très faim, j'ai surtout envie de me reposer ce soir, me répondit-il en s'asseyant dans le canapé et en prenant son journal.

— Heu, papa, j'ai oublié de te dire, car ça s'est fait un peu rapidement, mais j'ai un camarade qui vient travailler ce soir.

Mon père posa son journal et me regarda.

— Un copain à toi ? Vous allez faire quoi ?

— Des maths, le prof nous a demandé de faire un exposé ensemble. En fait c'est surtout pour l'aider, je pense.

— Un exposé de maths, pas de chance. Tu le connais bien ?

— Non, à peine, il n'est pas très bavard, tu verras.

Je sentais mon père un peu sur la réserve.

— OK, vous travaillerez ici ? demanda-t-il en pointant du doigt la table de la cuisine.

— Oui, ce sera le plus pratique, je pense.

Il se dirigea vers le salon et alluma la télé. Un match de hockey attira vite son attention et je mâchai pensivement mon sandwich caoutchouteux. J'étais toujours fâchée contre Ethan et il n'allait pas tarder. Je n'avais pas envie de revivre un moment tendu avec lui, mais ma curiosité était attisée par ses évitements répétés lors de nos discussions.

J'étais encore en train de réfléchir à la meilleure façon de l'aborder pour que cela se passe bien quand la sonnette de l'entrée retentit. Je n'avais pas entendu sa voiture et regardai rapidement par la fenêtre. Il était là, les cheveux peignés en arrière, vêtu d'un jean bleu et d'un blouson en cuir noir, le regard posé sur la porte, attendant stoïquement sous la pluie. Je détestais ce climat.

Je posai mon pain, allai vers la porte et lui ouvris.

— Salut, dit-il simplement.

— Salut, lui répondis-je ne sachant pas vraiment quoi lui dire. Je le regardais, essayant de déchiffrer son manque absolu d'expression.

— Heu, ce n'est pas que je n'aime pas me faire tremper, mais est-ce que je peux entrer chez toi par hasard ?

— Bien sûr, entre, m'empressai-je de lui dire en m'écartant pour le laisser entrer. Je me sentais toujours un peu gauche face à lui. Il avait une façon de se mouvoir souple et déliée, presque féline.

— Merci, dit-il en passant devant moi. Mon manteau est trempé, il y a un endroit où je peux le mettre à sécher ?

— Oui, pose-le là, lui répondis-je en indiquant une chaise devant le radiateur.

Mon père s'était levé et venait d'entrer dans la cuisine.

— Bonjour, dit-il d'une voix un peu plus forte que d'habitude, en tendant la main à Ethan.

— Bonjour, Monsieur, vous devez être le papa de Sarah ?

— En effet. Et vous êtes Ethan.

— Oui. Enchanté de vous rencontrer. Je sais maintenant de qui Sarah tient ses beaux yeux.

Je pinçai les lèvres, et regardai mon père avec anxiété. Il avait levé un sourcil interloqué devant ce compliment sans détour. Il me regarda en me questionnant un peu du regard et je levais discrètement les mains en signe d'impuissance. Je ne contrôlais pas Ethan et je comprenais qu'il mette mon père un peu mal à l'aise. Je ressentais la même chose, même si j'étais avant tout flattée par ses paroles.

Mon père grommela quelque chose et alla dans la pièce d'à côté.

— Je vais chercher mon classeur, dis-je en partant vers ma chambre.

Quand je revins, Ethan était assis et regardait les photos au mur.

— C'est ta mère ? demanda-t-il.

— Oui, fis-je doucement.

— Tu lui ressembles. Où est-elle ?

— Elle est morte, répondis-je brusquement. Bon, on se met à travailler ou pas ? Je ne compte pas y passer la nuit.

Il me regarda, surpris, mais ne broncha pas et ouvrit son livre.

Durant près d'une heure, nous travaillâmes ainsi sans discuter d'autre chose et l'exposé fut ainsi rapidement prêt.

— Ça y est, dit Ethan, je crois qu'on a fini. Il suffit maintenant de savoir qui présente quelle partie de la démonstration durant l'exposé. Si tu veux, je peux commencer, je sais que tu es un peu timide.

— Je ne suis pas timide, dis-je un peu vexée. Je suis juste peu sûre de moi, c'est très différent.

— Ne te fâche pas, on dirait que dès que je te dis quelque chose, tu le prends comme une critique.

Il regarda la table, tout à coup perdu dans ses réflexions.

— Tu penses à quoi, lui demandai-je ?

— À rien.

Évidemment...

— Je suis désolé pour ta mère, dit-il doucement, je ne savais pas.

Je baissais les yeux, ne sachant pas quoi lui répondre. J'avais toujours été mal à l'aise avec ce genre de phrase.

— De quoi est-elle morte ? Dis-moi si tu n'as pas envie d'en parler.

Je le regardai, il semblait plein de douceur et d'empathie, comme s'il avait déjà vécu ça lui-même. Je décelai en même temps, comme la dernière fois, une vague peur au fond de ses yeux.

— D'un cancer, ça a été rapide, mais elle a beaucoup souffert, je m'en souviens encore.

— Tu lui en veux toujours ? demanda-t-il abruptement, ne me lâchant pas du regard.

— Comment sais-tu cela ? lui répondis-je un peu nerveuse. En quelques minutes, il avait mis à nu cette émotion refoulée depuis si longtemps, que je n'avais jamais pu exprimer à mon père ni même au psychologue.

— Je m'en doute, c'est tout, je vois que tu te bats, tout le temps. Tu me dis que je porte un masque, mais toi aussi tu te caches. C'est ton moyen pour continuer. Tu es une combattante. Je l'ai vu au premier regard. C'est ça qui m'a attiré chez toi. Ce mélange de rage et de douleur, ce petit côté psychorigide qui te permet de tenir bon dans la tempête.

J'étais estomaquée et restai la bouche légèrement ouverte. Qui était ce gars ? Il semblait me connaître mieux que mes proches. Et surtout, je l'attirais. Ce mot reflétait bien ce que je ressentais également. Une sorte d'attirance entre deux pôles aimantés, ayant envie de se rapprocher de plus en plus vite, mais générant un clash dès qu'ils étaient trop proches... En lui aussi je sentais cette rage, ce désespoir, et dans l'instant, je sus également que c'était cette perception de notre ressemblance profonde qui avait généré mon envie de mieux le connaître.

— Je t'attire ? demandai-je en le regardant intensément. J'avais plutôt l'impression que tu me fuyais tout le temps...

Il me fixa et s'approcha de moi, ses yeux bleus si particuliers me transperçaient presque et je me rendis compte que mon cœur s'était accéléré. Il me prit la main droite et posa son autre main sur ma hanche, m'attirant doucement à lui. Nous étions à quelques centimètres l'un de l'autre et je sentais son souffle sur mes lèvres.

— Je ressens des choses tellement fortes pour toi, que parfois cela me fait peur. Je t'ai déjà dit qu'il ne fallait pas que tu t'attaches à moi, tu le regretterais.

— Je crois que c'est un peu tard pour me dire ça, tu ne penses pas ? lui répondis-je en souriant un peu gênée.

Il recula légèrement.

— Sarah, je suis désolé, dit-il alors qu'il me lâchait la main et revenait vers la table.

J'étais sidérée. Il venait chez moi le soir, me prenait la main, s'approchait si près que je me sentais défaillir et me disait ensuite qu'il ne fallait pas que je m'attache. Il était fou ou pervers, je ne voyais pas d'autre alternative.

— Sérieusement ? Tu viens me prendre dans tes bras pour me dire que je ne peux pas m'attacher à toi ? Tu crois que c'est une bonne façon de me faire passer le message ? Ethan, je SUIS déjà attachée à toi au cas où tu ne l'avais pas remarqué. Il y a quelque chose chez toi qui me parle, dans lequel je me retrouve, tu es le seul ici à me comprendre. Je ne sais pas pourquoi, mais j'ai envie d'être avec toi, de te parler, de partager des choses avec toi, de...

Je m'arrêtais à temps, ne souhaitant pas m'abaisser à lui dire que j'avais envie qu'il m'embrasse et que ce moment que nous avions passé tout à l'heure avait éveillé chez moi des émotions nouvelles. Je n'avais jamais réussi à faire confiance à un garçon, ils ne m'intéressaient en général pas et je les trouvais superficiels et vaniteux. Lui m'avait d'abord agacée, mais je n'avais pas tout de suite compris que ce jeu du chat et de la souris que nous jouions était en fait un jeu amoureux. En prendre ainsi conscience me faisait me sentir perdue. Pour une fois que j'avais des sentiments pour un garçon, il me faisait comprendre qu'il ne le fallait pas. Quel était son problème ? Il semblait pourtant avoir le même genre de sentiments envers moi, il me le disait, il me le montrait même parfois, mais il me demandait de m'éloigner de lui.

Mon père choisit ce moment pour entrer dans la cuisine et se servir un encas.

— Alors les jeunes, vous avez fini votre exposé ?

Devant ma mine déconfite et la gêne d'Ethan, il nous regarda alternativement, prit son pain et ressortit sans un mot, non sans m'avoir lancé un regard interrogateur.

— Je ferais mieux d'y aller, dit Ethan en allant prendre son manteau. Merci de m'avoir accueilli chez toi pour faire cet exposé, Sarah.

Il se dirigeait déjà vers la porte, fuyant assez lâchement.

— Quoi ? C'est tout ? Tu t'en vas comme ça ? lui dis-je, entre colère et tristesse.

— Je t'avais prévenu Sarah. Il ne faut pas que tu t'attaches à moi, c'est sans issue. Il ouvrit la porte et se retourna.

— Désolé, dit-il simplement en guise d'au revoir.

La porte se referma, me laissant seule dans la cuisine, désemparée et accablée. J'avais vraiment le chic pour choisir mes fréquentations parmi les gens à problèmes.

Mon père passa la tête par la porte entrouverte, n'osant pas trop rentrer.

— Tu peux venir papa, il vient de partir.

— Eh bien, ça ne semble pas te mettre dans un bonheur fou de voir ce gars. Il t'a dit quelque chose de déplaisant ? Il ne t'a pas, heu, embêtée ? demanda-t-il gêné et maladroit.

— Non, non, pas du tout.

C'était plutôt le contraire en fait, mais ça, je n'avais pas envie de le lui dire.

— Tant mieux. En tout cas, il ne dit en effet pas grand-chose ton copain.

— Ce n'est pas mon copain, lui répondis-je agacée.

— Oui, je sais, enfin ton camarade quoi. Est-ce qu'au moins votre exposé est bien ?

— Je pense oui. Je vais monter me coucher, je suis fatiguée, lui dis-je en lui faisant une bise. Bonne nuit papa. Et merci.

— Merci pour quoi ?

— Merci de ne pas trop me questionner, d'être discret.

Je le laissai là et montai l'escalier menant à ma chambre. Ma dernière remarque me fit réfléchir. De mon côté, je ne respectais pas le silence d'Ethan, je passais mon temps à le questionner, à tenter de lui arracher des confidences qu'il ne voulait pas me faire. Je n'aurais pas supporté ça, mais je le lui faisais pourtant subir. Ne fais pas à autrui ce que tu ne veux pas qu'il te fasse. J'avais un peu oublié ce précepte ces temps-ci et avais la ferme intention de le remettre au goût du jour. Je me déshabillai, enfilai ma chemise de nuit blanche et rouge, que je traînais depuis quelques années déjà. Elle était maintenant informe, mais elle avait un côté rassurant qui me réconfortait. En me glissant sous la couette, un couinement strident me fit bondir.

— Toudou ! Mais qu'est-ce que tu fais là ?

Le chaton me regardait, offusqué que je l'aie ainsi tiré de son doux sommeil, bien au chaud dans mon lit. Il avait soigneusement pétri le drap et des petits trous le décoraient maintenant. Je le pris doucement, lui donnai un baiser entre les deux oreilles, ce qui le fit miauler de mécontentement. Je le posai doucement à terre en le poussant un peu sur les fesses, et il partit en se dandinant.

— Allez hop, désolée, mais je préfère me coucher sans toi petite peste.

Je fermai la porte en souriant devant le regard implorant du chaton. Il était vraiment craquant et savait en jouer.

Une fois assise sur mon lit, je vis que j'avais reçu deux SMS. Le premier était de Caroline.

"ALORS ?"

Je n'avais pas envie de répondre, et regardai le deuxième en soupirant bruyamment.

"Merci pour cette soirée. Ethan."

Le rouge me monta aux joues. À quoi jouait-il à la fin ? Il aurait pu s'abstenir de m'envoyer ainsi un message. En même temps, cela ne signifiait rien, c'était juste un SMS de politesse assez neutre. Mais considérant qu'une heure plus tôt, nous étions presque enlacés, j'avais tout de même un peu de mal à le prendre ainsi. Attendait-il une réponse ? Avait-il réellement passé une bonne soirée ?

Oh, et puis après tout, je n'en avais rien à faire ! Il fallait que je me le sorte de la tête. Il n'était clairement pas pour moi, il me l'avait d'ailleurs bien signifié dès le départ. Je me roulai en boule sous ma couette et éteignis la lumière. À chaque jour suffisait sa peine, on verrait tout ça demain, sans migraine et bien reposée.

– 12 –

Il était presque huit heures. Je me fis rapidement une queue de cheval haute, mis mon bracelet en cuir et un peu de maquillage brun sur les paupières. J'avais envie que Ethan voie ce qu'il ratait à me rejeter ainsi. C'était puéril, certes, mais cela me faisait du bien.

J'avalai mes céréales rapidement, debout dans la cuisine et partis vers le lycée d'un pas rapide. Il ne faisait pas très beau et le vent commençait déjà à faire sortir quelques mèches de ma coiffure. Les rues étaient encore presque désertes dans le quartier proche de la maison. Je n'aimais pas cela, je me sentais seule, vaguement insécure. Un aboiement sourd suivi d'un bruit de course me fit soudain sursauter. Je détestais ce chien ! Chaque matin, il faisait mine de me sauter dessus avant de s'arrêter net devant la grille que le propriétaire avait heureusement mise devant sa maison. Même en changeant préventivement de trottoir, cela me stressait à chaque fois.

En arrivant devant le lycée, j'étais un peu essoufflée. J'avais marché plus vite que d'habitude pour éviter l'averse.

Je me dirigeai vers les marches de l'entrée quand une main m'agrippa l'épaule.

— Salut Sarah.

C'était Johanna. Elle me regarda d'un air mauvais et me poussa derrière le bâtiment.

— Non, mais tu n'es vraiment pas bien, dis-je en tentant de cacher ma peur.

Ses yeux étaient grands ouverts, les pupilles un peu dilatées. Je pensais tout de suite à la drogue. Elle devait en prendre, cela expliquait sans doute son comportement, mais cela n'arrangeait pas ma situation présente, bien au contraire.

— Moi ça va, mais toi, par contre, si tu n'arrêtes pas tes conneries, cela ne va pas bien se passer, me menaça-t-elle.

Je ne comprenais pas ce qu'elle me racontait.

— Désolée, je ne sais pas de quoi tu parles Johanna.

— Arrête de m'appeler par mon prénom comme si on était potes.

— Tu veux que je t'appelle comment alors ? La folle ? dis-je sans réfléchir.

Elle me prit le bras et le serra si fort que je réprimai un cri. Elle était bien plus forte que moi et je commençai à trouver la situation très tendue. Il me revint des images de harcèlement qui avaient mal tourné dans certains lycées.

— Ne m'appelle pas, c'est tout, dit-elle en approchant son visage du mien.

— OK, lui répondis-je, le cœur battant à tout rompre. Mais je ne comprends pas pourquoi tu m'en veux autant ! Lâche-moi et explique-moi, sinon je crie.

Elle ricana.

— Quelle courageuse tu fais ! Ça m'étonne que Ethan te trouve un quelconque intérêt, marmonna-t-elle.

C'était donc ça, elle était simplement jalouse... Tout ça pour un gars asocial et psychopathe ! La colère, contre elle, contre Ethan, m'envahit tout à coup.

— Fiche moi la paix, je te le laisse, ne t'en fais pas, tu es aussi barjo que lui de toute façon, vous irez bien ensemble !

Je me dégageai d'un coup de son emprise et contournai le bâtiment sans me retourner, furieuse, mais encore sous le coup de la peur. J'avais envie de rentrer chez moi et de me terrer dans mon lit, mais je parvins à monter les marches et à entrer dans le bâtiment. Là, je filai droit vers la salle de classe, passant devant Sihème qui prenait un cacao comme tous les matins.

— Eh, Sarah, attends-moi ! Qu'est-ce qu'il y a ?

— Rien, lui lançai-je en continuant à marcher.

En arrivant dans la salle, une autre personne vint à ma rencontre.

— Bonjour, Sarah, dit Ethan de son ton doux, ses yeux affichant une expression de repentance.

— Oh, toi, ce n'est pas le moment ! Va plutôt avec Johanna, aboyai-je hors de moi en jetant mes affaires sur la table.

Il me regarda d'un air étonné.

— Johanna ?

Je n'écoutai pas la suite de ce qu'il avait à me dire et sortis de la salle en laissant mes affaires sur la table. Je me dirigeai vers les toilettes pour fille et m'enfermai dans le premier que je trouvai libre. Là, je laissai retomber la pression en pleurant toutes les larmes de mon corps. J'avais peur de retomber nez à nez avec cette fille horrible, je ne comprenais rien à ce qu'il se passait avec Ethan, tout me semblait confus. Assise sur la cuvette des toilettes, me sentant vaguement ridicule, je laissai libre cours à mon mal-être durant de longues minutes. Quand je me sentis enfin capable de revenir en classe, je sortis, allai devant le lavabo et me mis un peu d'eau sur le visage pour effacer les traces de mes larmes.

En revenant en classe, je m'assis sans rien dire à la seule place disponible : à côté d'Ethan. J'étais décidée à mettre en veilleuse mes émotions et surtout à ne plus rien lui montrer ou lui dire de ce que je ressentais pour lui.

Il me regarda discrètement, mais ne me dit rien non plus, comprenant manifestement que je ne voulais plus qu'il m'importune.

Le professeur entra dans la salle, posant ses affaires sur son bureau.

— Bonjour à tous. Demain, je ne suis pas là, j'ai une réunion. Du coup est-ce que Sarah et Ethan sont prêts pour faire leur exposé aujourd'hui ?

Je ne me sentais pas prête du tout, encore sous le coup de l'émotion de tout à l'heure, mais je vis avec stupeur Ethan opiner de la tête sans me consulter.

— Très bien, alors en piste, à vous !

Je lançai un regard assassin à Ethan et pris mon exposé dans mon sac. Heureusement, j'avais pensé à l'emporter.

Nous nous dirigeâmes vers le tableau et déroulâmes notre exposé sans encombre. Quelques rires moqueurs vinrent ponctuer les inévitables couacs de notre démonstration, mais dans l'ensemble, j'étais finalement plutôt contente d'avoir pu m'en débarrasser aujourd'hui. Nous étions restés à plus d'un mètre l'un de l'autre et j'avais évité de le regarder durant toute notre présentation. Je ne savais pas où poser mes yeux, car Johanna me dévisageait ostensiblement avec animosité. Elle souriait par contre à Ethan, ce qui m'agaça prodigieusement.

Je revins à ma place en baissant la tête, m'assis et rangeai mon dossier d'exposé. C'était fait, je ne ferai plus rien avec Ethan maintenant. Cette pensée me soulagea autant qu'elle me fit de la peine. Il venait de se rasseoir à côté de moi.

— Une réussite, hein ? Tu penses qu'on va avoir quelle note ? Moi, je mise sur un B +, au moins.

Je ne répondis pas, me contentant de prendre en note les devoirs pour le lendemain.

— Tu m'as entendu ? insista Ethan.

Je le regardai avec une pointe d'énervement.

— Oui, je t'ai entendu, mais je ne veux plus rien avoir à faire avec toi au cas où tu n'avais pas saisi le message.

Il devint légèrement blême et je m'en voulus pour mon manque de tact. Mais je devais me protéger. Je n'avais pas envie qu'il continue à jouer avec mes sentiments. Il avait clairement des problèmes, mais ne me faisait pas assez confiance pour m'en parler. Je ne pouvais pas le forcer. Et je n'en avais plus envie surtout. Je préférais passer à autre chose et me préserver.

– 13 –

Le reste du cours passa rapidement, je me plongeais dans mes notes et écoutais attentivement le discours du professeur pour ne pas penser à mon voisin, qui restait tête baissée, presque prostré, sans rien faire. Je m'en voulais déjà, mais j'étais bien trop fière pour revenir en arrière ou lui adresser des excuses. Après tout c'était lui qui avait joué ainsi avec moi, il ne pouvait s'en prendre qu'à lui-même.

En sortant de la salle, alors que je me dirigeais vers Sihème, je le vis prendre le chemin inverse et aller nonchalamment vers la sortie. Marc l'apostropha.

— Eh, Ethan, tu fais quoi là ? La journée n'est pas finie !

Il ne se retourna même pas et leva juste son majeur vers le ciel.

— Ah ouais, OK, sympa… maugréa Marc en haussant les épaules.

Johanna avait également suivi avec intérêt le départ d'Ethan et me regarda avec un mauvais air.

— Bravo Sarah ! Je ne sais pas ce que tu lui as dit, mais il a l'air encore plus joyeux que d'habitude, dit Johanna assez fort pour que quelques personnes se retournent et me regardent.

Je ne savais plus où me mettre, et à la culpabilité se rajoutait une angoisse profonde. Ethan allait en effet mal et je n'avais fait qu'accentuer la chose par mon égoïsme. Qui sait ce qu'il allait faire maintenant ? À cause de moi, il séchait le reste de la journée. Marc venait de s'avancer vers moi et je fis immédiatement demi-tour, mais il me rattrapa et me fit face.

— Tu lui as dit quoi exactement ? demanda-t-il d'un ton menaçant.

Je fis un pas de côté pour lui échapper, mais il me devança. Cela commençait à devenir une habitude de me faire coincer dans ce lycée, et la peur commençait à envahir à nouveau mon ventre. Marc semblait furieux, je ne savais pas qu'il appréciait Ethan à ce point. Peut-être qu'il savait ce qui n'allait pas chez lui.

— Qu'est-ce qu'il a ? demandai-je.

-C'est plutôt à toi de me le dire si j'ai bien compris ce que disais Johanna, non ?, riposta Marc.

— Johanna ne sait pas de quoi elle parle, elle est juste jalouse, répondis-je.

— Quoi ? ricana-t-il, alors ce petit cachottier sort avec toi ? C'est ça le truc ?

Il me toisa d'un air lubrique.

— Ouais, sur certains aspects je peux le comprendre remarque, mais bon, tu es un peu du genre sainte nitouche toi, hein ? dit-il en approchant une main vers mes cheveux.

Je repoussai vivement ses avances, me dégageai et courus vers le groupe qui s'éloignait. Sihème me vit arriver les larmes aux yeux, rouge et essoufflée.

— Qu'est-ce qu'il t'arrive ? me dit-elle en me prenant par l'épaule.

— J'en ai marre Sihème, tellement marre, j'ai l'impression que je ne fais rien comme il faut, je ne sais pas comment me sortir de tout ça.

Elle fronça les sourcils.

— Tu me fais un peu peur, tout ça quoi ? demanda-t-elle.

— Ethan, Johanna, Marc, rien ne va, j'ai tellement envie de rentrer à San Francisco, de retrouver ma vie d'avant, dis-je en éclatant en larme.

Sihème me prit dans ses bras, et me berça doucement.

— Là, ça va aller, on va s'asseoir un peu et tu vas tout me raconter.

— On a cours d'anglais, dis-je en reniflant bruyamment.

Je pris un kleenex et me mouchai, essuyant mes yeux du revers de la main.

Sihème me regarda inquiète.

Tu es sûre que tu veux y aller ? Je peux t'accompagner à l'infirmerie si tu veux.

En voyant Johanna qui venait d'arriver et entrait dans la classe, mon courage se dégonfla d'un coup et la peur reprit le dessus. La tête me tourna et je me retins à l'épaule de Sihème.

— Oh là, OK, je t'accompagne, que tu le veuilles ou non. Allez viens, dit-elle d'un ton décidé.

Je hochai la tête et la suivis, accrochée à son bras. Heureusement qu'elle était là.

— Où est Caroline ? Tu as des nouvelles ?

— Non, je vais l'appeler tout à l'heure.

— Elle est souvent absente, dis-je pensivement.

— Oui, me répondit-elle simplement.

Je pensais en mon for intérieur que les jeunes d'ici avaient tous des soucis et du mal à en parler. J'avais l'impression d'être à l'écart de leur monde, que personne ne me faisait assez confiance pour me parler réellement, et cela ajoutait à mon malaise. J'avais toujours été celle à qui l'on se confiait, et me voir ainsi mise de côté était douloureux.

Nous venions d'arriver à l'infirmerie.

— Bonjour, me dit une femme blonde et souriante. Tu es ?

— Sarah.

— Alors, dis-moi Sarah, que se passe-t-il ? Tu as mal quelque part ?

— Non, lui dis-je. J'ai juste la tête qui tourne et je me sens mal.

— Je vois, une petite crise d'angoisse, je pense. Tu as mangé ce matin ?
— Oui.
— Est-ce qu'il y a des gens qui t'importunent chez toi ou à l'école ? me demanda-t-elle doucement.

Je n'avais pas envie de lui répondre par l'affirmative. Lui dire que Johanna me terrorisait presque et que je m'étais fait intimider par Marc à l'instant me faisait me sentir faible. Je n'avais pas envie que les autres se moquent de moi si un adulte se mêlait de mes histoires de lycéenne. Je n'avais plus dix ans et j'avais envie de régler mes problèmes relationnels toute seule. À mes yeux, c'était un entraînement pour ma vie d'adulte. Je voyais bien les conflits que devait supporter mon père dans son travail. Si je n'arrivais pas à m'en sortir au lycée, qu'est-ce que cela serait plus tard…

— Non, personne ne m'embête, je suis juste un peu fatiguée, c'est tout.

L'infirmière n'insista pas et hocha simplement la tête.

— Je vais prévenir tes parents, est-ce qu'on peut joindre ta maman ?

— Non, elle est morte, répondis-je machinalement sans même la regarder.

— Désolée, répondit l'infirmière en consultant ma fiche rapidement, l'air gêné. Je préviens ton père.

— Non, ça va passer, ne le dérangez pas pour ça.

Elle me regarda, évaluant mon état.

— D'accord, on attend une petite demi-heure et on verra ensuite. Ça te va ?

— Oui, merci.

– 14 –

Une demi-heure plus tard, je me sentais effectivement mieux, mais je ressentais une grande lassitude et une inquiétude sourde. Je ne savais pas comment me dépêtrer de ces situations. Pourquoi Johanna était-elle si jalouse concernant Ethan ? Je ne l'avais jamais vue avec lui quasiment. Et pourquoi Ethan était-il ainsi tantôt distant tantôt proche ? Je commençais sérieusement à penser que son souci était psychologique. J'avais fait quelques recherches sur internet et avais vu des choses comme la bipolarité, qui pouvaient correspondre, mais il y avait d'autres symptômes qu'il ne semblait pas avoir. Je secouai la tête. Il fallait vraiment que je laisse tomber et que je me préoccupe de mes vraies amies. Caroline m'inquiétait, elle était souvent absente et on n'avait pas eu de nouvelles depuis hier. Sihème semblait savoir quelque chose, mais ne m'en parlait pas. Je me sentais comme l'étrangère qui devait faire ses preuves avant que les autres lui confient les secrets de la ville. En attendant, je décidai de retourner en cours.

— Merci pour tout, ça va mieux, dis-je à l'infirmière en me relevant doucement et en prenant mon sac.

Elle acquiesça et je sortis après avoir rempli une fiche d'absence à remettre à l'enseignant.

J'avançai doucement dans le couloir, me dirigeant vers la salle d'anglais. Je n'avais pas envie de rentrer et d'être dévisagée par tous les autres élèves, mais je n'avais pas trop le choix.

Je poussai donc la porte de la salle qui était restée entrouverte et allai donner mon papier d'absence au professeur. D'un coup d'œil, je repérai une place au milieu de la classe à gauche et filai m'asseoir en baissant la tête pour éviter les regards curieux qui m'assaillaient.

La journée était enfin terminée. Elle m'avait semblée plus que longue et j'étais épuisée. Je n'avais pas dit grand-chose à mes camarades et Sihème voulut m'accompagner jusqu'à chez moi, ce qui me fit du bien.

En chemin, nous discutâmes de Caroline. Elle n'avait pas donné signe de vie depuis hier et ne répondait pas à nos messages.

— Je vais passer voir chez elle vers 18h, me dit Sihème. Est-ce que tu veux que je t'appelle après pour te tenir au courant ?

— Oui, je veux bien, c'est gentil, lui répondis-je.

Nous arrivâmes devant ma maison. Je voyais la petite tête de Toudou qui me regardait à travers la fenêtre.

— Il est trop mignon ton chat, dit Sihème. J'aimerais tellement en avoir un, mais je n'ai réussi à négocier qu'un poisson rouge. C'est déjà bien tu vas me dire, mais question câlins, c'est limité !

— Oh, tu sais, Toudou a ses humeurs, les câlins c'est quand il veut et s'il veut. Un chat quoi…

— Bon, je te laisse, tu m'appelles si ça ne va pas ? Je vais voir chez Caroline et je te tiens au courant.

Elle me fit une bise et tourna les talons, me laissant devant ma porte, contente de rentrer chez moi après cette journée éprouvante. Je regardai machinalement mon portable, mais aucun nouveau message d'Ethan n'apparut.

– 15 –

Nous étions avachis dans le canapé avec mon père, sirotant un soda et regardant une série que l'on aimait tous les deux quand j'entendis mon vibreur.
— C'est le tien, je crois, dit mon père en indiquant mon manteau du menton.
Je me levai et allai voir le message. Mon cœur battait à tout rompre. J'avais envie que ce soit Ethan, mais je craignais en même temps un nouveau message encourageant qui me ferait espérer quelque chose que je n'aurais manifestement jamais.
Après avoir fouillé quelques secondes dans mon sac en pestant contre la tonne de choses que j'y mettais et qui m'empêchaient en général de décrocher à temps quand je recevais un appel, je regardai avec avidité l'écran de mon téléphone.
J'écarquillai les yeux et lus deux fois le message qui venait de s'afficher.
« Caroline n'est pas chez elle, elle n'est pas rentrée hier soir. Sihème. »
Comment ça, pas rentrée ?
— C'est qui ? me demanda mon père sans me regarder.
— Heu, une copine. Je vais monter la rappeler.
Il sourit en secouant la tête.
— Affaires de cœur hein ? Ne t'en fais pas, j'ai eu ton âge. Allez file, je mets en pause et on se finira notre épisode après ou demain si tu es trop fatiguée.
— Merci papa, lui répondis-je sincèrement. J'ai de la chance que tu sois aussi compréhensif.

Je lui fis un baiser sur le crâne et monta à l'étage en tenant mon portable d'une main crispée. Cette histoire ne me disait rien qui vaille. Je sentais depuis longtemps que Sihème me cachait quelque chose à propos de Caroline et j'en étais maintenant intimement convaincue.

Je composai son numéro rapidement et m'assis sur le lit en écoutant la sonnerie.

— Allo, dit Sihème presque à voix basse.

— C'est Sarah, qu'est-ce qu'il se passe avec Caroline, tu as été chez elle alors ?

— Oui, répondit Sihème en chuchotant toujours.

— Tu ne peux peut-être pas me parler maintenant. Tu veux que je te rappelle ?

— Non, ça ira, mais je ne vais pas rester longtemps au téléphone, car j'ai envoyé des textos à Caroline et j'espère qu'elle va me rappeler, dit-elle d'une voix nerveuse que je ne lui connaissais pas.

— Tu m'as dit qu'elle n'était pas rentrée ? Ses parents ne savent pas où elle est, c'est ça ?

— Non, ils sont affolés, les pauvres, soupira-t-elle. Et puis…

— Et puis quoi ?

Je la sentis hésiter à l'autre bout du fil, mais le secret était trop lourd à porter et elle ne tarda pas à se confier.

— Eh bien, ne le répète pas, mais ce n'est pas la première fois que Caroline ne rentre pas ainsi. Elle l'a déjà fait une fois.

— Et où était-elle ?

— La première fois, elle était partie pour un road trip avec des filles un peu louches qu'elle avait rencontrées en boîte de nuit. Elle a passé trois jours comme ça avant que les flics ne la retrouvent grâce au signalement… Elle avait pas mal bu et ne se souvenait pas vraiment de tout ce qu'elle avait fait.

— Tu crois qu'elle a fait pareil ? Avec les mêmes que la dernière fois ? Tu as leur numéro ?

— Non, je ne les connais pas, mais je ne pense pas que ce soit ça. Ses parents lui ont formellement interdit de les revoir sans quoi elle n'aurait pas de voiture pour ses 16 ans. Et crois moi, pour Caroline, ne pas avoir de voiture, c'est la fin du monde.

— Tu as une autre idée de l'endroit où elle pourrait être ? Il fait déjà froid la nuit en ce moment, j'espère qu'elle ne l'a pas passée dehors quand même !

— J'espère aussi, souffla-t-elle. Je vais lui laisser un autre message après avoir raccroché. Tu peux peut-être essayer aussi, on ne sait jamais.

— Sihème ?

— Oui ?

— Qu'est-ce que tu me caches au sujet de Caroline ?

Je sentis une hésitation, suivie d'un soupir.

— Je ne peux pas te le dire. J'ai promis.

— Tu sais, si je savais ce qu'il se passe, peut-être que je pourrais l'aider. Mes amies m'ont toujours dit que j'étais douée pour ça. Aider les autres. Et le fait d'être constamment mise de côté me fait me sentir comme une étrangère. J'ai le sentiment de ne pas être à la hauteur, que je ne mérite pas votre confiance. C'est récurrent depuis que je suis arrivée à Fairbanks.

— Elle était enceinte, lâcha Sihème dans un souffle.

Mon cerveau tourna à toute allure. Caroline, enceinte ?

— Quand ? demandai-je simplement.

— Quand elle est revenue de sa virée de trois jours. Elle a découvert quelques semaines plus tard qu'elle était enceinte. Elle ne se souvenait de rien.

— Tu crois… ?

Je n'allais pas au bout de ma phrase. J'avais entendu des histoires sur ces filles qui étaient abusées sans aucun souvenir de la chose suite la prise d'une drogue, de l'acide gamma-hydroxybutyrique, mis dans leur verre. On l'appelait d'ailleurs la drogue des violeurs.

Sihème avait lu dans mes pensées.

— Tu penses au GHB ? On ne sait pas. Elle n'avait fait aucune analyse en revenant et le médecin qu'elle a vu sept semaines plus tard lui a dit que cela s'éliminait très rapidement dans le sang, en quelques heures. Du coup, même si elle avait fait une prise de sang dès son retour, elle n'aurait sûrement rien donné.

— Elle ne se souvient vraiment de rien ?

— Si, de sa virée, d'avoir trop bu et dansé, mais elle n'a aucune trace dans sa mémoire d'avoir passé la nuit avec un garçon. C'est assez horrible quand j'y pense.

Une question me brûlait les lèvres, mais j'avais du mal à la formuler tant cela faisait monter en moi une bouffée d'angoisse. Je ne pouvais pas m'empêcher de me mettre à la place de Caroline, de ressentir sa détresse, sa colère sûrement. Elle ne savait pas ce qu'il lui était arrivé, avec qui elle avait eu une relation, si elle était juste alcoolisée ou avait été droguée. Pour moi, cela ne faisait d'ailleurs pas grande différence. Il suffisait de regarder les gens déambuler le vendredi ou le samedi soir une bouteille d'alcool fort à la main pour se rendre compte que leur capacité de jugement était fortement altérée. À ma connaissance, Caroline n'avait pas d'enfant. Elle avait donc dû avorter. Mais ce qui m'inquiétait n'était pas cela.

— Et, sais-tu si elle a fait le test ? Pour le VIH ?

— Oui, il lui a été proposé par le médecin avant de…

— Avant d'avorter ?

— C'est ça. Elle a refusé de le faire. Je ne sais pas comment lui expliquer qu'elle a tout à gagner à savoir, qu'il y a des médicaments maintenant qui peuvent faire quelque chose, mais elle ne m'écoute pas. Elle change de sujet à chaque fois et ne veut rien entendre. Je suis si inquiète Sarah, je me sens tellement impuissante ! Elle ne me parle que très peu de tout ça. Quand elle a été hospitalisée, j'ai voulu aller la voir, mais elle refusait toute visite. Depuis cet épisode, elle a tendance à s'isoler. Elle a parfois des coups de tristesse terribles, où elle ne voit plus d'avenir pour elle. Elle m'a même parlé de suicide une fois. Ce n'était pas clairement dit, mais elle l'a évoqué à demi-mot. Je pense qu'elle m'appelait à l'aide. Mais j'ai fait semblant de ne pas comprendre, car c'était trop dur pour moi.

Elle pleurait maintenant. Sihème, si calme et posée en temps normal.

— Ne te reproche rien, la rassurai-je. Parfois, on ne réalise pas tout ce qu'il se passe vraiment dans une conversation. C'est après, en y réfléchissant, qu'on peut comprendre de quoi il s'agissait réellement.

— Oui, tu as raison, dit-elle en reniflant à l'autre bout du fil. Mais j'ai parfois le sentiment d'être une mauvaise amie. Je connais Caroline depuis le jardin d'enfants. Elle semble populaire et sûre d'elle comme ça, mais elle est très fragile, toujours à se remettre en cause. Tout ce qu'elle montre aux autres est une façade pour se protéger. Elle a peu d'amies tu sais, à part nous deux…Elle se confie peu, même à moi.

— J'avais remarqué, je me disais bien que cette attitude très désinvolte cachait quelque chose. Et le bébé ?

— Elle a avorté naturellement au bout de trois mois.

— Elle avait décidé de le garder ? dis-je un peu sonnée. Si jeune ?

— Tu sais, répondit Sihème, ce n'est pas si rare que ça… Ses parents lui avaient dit qu'ils l'élèveraient comme sa sœur. Il sont catholiques très pratiquants et avorter n'était pas vraiment une option possible.

— Mais c'était ce que voulait Caroline ? Le garder ? Où était-ce uniquement ses parents ?

— Je n'ai jamais vraiment su. Caroline n'en parlait pas. Personne ne savait qu'elle était enceinte, mais elle était très malade. Elle devait sortir chaque matin pendant les cours. Certains ont peut-être deviné ce qu'il se passait, mais personne ne l'a embêtée avec ça. Heureusement d'ailleurs. Franchement Sarah, je ne devrais pas dire ça, mais j'ai été soulagée quand elle a perdu le bébé. J'avais vraiment l'impression qu'elle y laisserait la vie tellement elle était malade. Sans compter tous les problèmes auxquels elle aurait dû faire face.

— Je te comprends, la rassurais-je d'une voix douce. Avoir un enfant, c'est merveilleux, mais pas dans ces conditions... Je me sens un peu bête, quand on discutait ensemble l'autre jour, elle me charriait à propos de mon inexpérience sentimentale et j'en ai eu un peu assez. Je lui ai dit qu'il valait mieux être comme moi que de se retrouver enceinte sans savoir de qui. Je m'en veux tellement, Sihème...C'est fou, elle n'a pas réagi, rien de rien. Avec ce que tu viens de me raconter, je ne comprends pas comment elle fait pour ne rien laisser paraître.

— Oui, c'est assez dingue. C'est ce qui m'inquiète d'ailleurs. J'ai toujours peur qu'elle craque un jour et fasse une bêtise. Que tout ce qu'elle a contenu durant ces mauvais moments ne ressorte d'un coup et qu'elle ne puisse plus gérer ses émotions.

— Écoute, je vais essayer de l'appeler aussi et je vais lui envoyer un mail. On verra, mais si elle ne te répond pas volontairement, je ne pense pas qu'elle change de comportement avec moi.

— Et si elle n'est plus en mesure de répondre du tout ? demanda Sihème d'une voix cassée par l'angoisse.

— Il ne faut pas penser à ça, ses parents ont appelé la police pour signaler sa disparition, non ? Si elle est dans une mauvaise passe, ils la retrouveront. Sinon, elle nous répondra sûrement. Penser au pire ne fera pas avancer les choses.

— Toi aussi tu es forte Sarah. Merci. Pour elle et pour moi. Je te laisse, on se tient au courant si on a des nouvelles ?

— Oui, promis. Essaye de dormir un peu, lui dis-je doucement.

Je restais assise sur mon lit, pensive. Je n'avais pas soupçonné tout cela. Mon optimisme et ma foi en l'avenir, qui s'étaient déjà bien effondrés lors de la mort de ma mère, venaient de nouveau de s'enfoncer sous terre. Je ne pouvais pas m'empêcher d'imaginer le pire pour Caroline, malgré ce que j'avais dit à Sihème. Lorsque je fermais les yeux, je voyais des flashs montrant son corps, jeté dans un fossé comme ce que j'avais malheureusement déjà vu dans les journaux télévisés. Le cerveau, par un mécanisme de protection bien compréhensible, mettait à distance ces morts brutales comme s'il s'agissait de fiction. Par une sorte de pensée magique, on imaginait que cela ne pouvait pas arriver dans la vie réelle, la nôtre.

Fatiguée, je me couchais, envahie par un sentiment de mal-être et de peur larvée.

– 16 –

Aux aurores, je me réveillais un peu courbaturée. Il avait fait froid cette nuit et je n'avais pas mis mon chauffage. En demi-sommeil, je m'étais repliée en boule dans mon lit pour espérer avoir un peu de chaleur. Mes rêves avaient été agités. Ma première pensée fut pour Caroline, en espérant de tout mon cœur qu'elle n'ait pas passé la nuit dehors par ce froid.

En descendant, je vis immédiatement que quelque chose n'allait pas. Mon père écoutait la radio, l'air absent, le front légèrement ridé.

Je me figeais en bas de l'escalier, mon sang se glaça dans mes veines. J'avais soudain un très mauvais pressentiment.

— Papa ? demandai-je d'une voix blanche.

Il releva la tête et se passa la main dans les cheveux, un geste de stress et d'embarras que je ne connaissais que trop bien. Il ne disait toujours rien.

— Papa ? Qu'est-ce qu'il y a ?

Il me regarda enfin, soupirant lentement.

— Tu connais Caroline Serrantes, c'est bien une de tes amies ?

Je sentis une décharge électrique dans mon estomac et vins m'asseoir à côté de mon père.

— Oui, elle n'est pas venue au lycée hier et Sihème m'a appris qu'elle n'était pas rentrée chez elle la nuit d'avant.

— C'est de ça que tu parlais au téléphone hier soir ?

— Oui.

— Tu aurais dû me tenir au courant, Sarah, me sermonna-t-il l'air anxieux. Je ne veux plus que tu rentres seule tant qu'on n'en sait pas plus sur cette histoire. Et pas de sorties le soir non plus. Je vais partir plus tôt du boulot pour pouvoir venir te chercher à la sortie de tes cours.

— Mais papa, tentais-je de le raisonner, tu ne peux pas me faire vivre dans une bulle, moi aussi ça me stresse, d'autant plus que c'est mon amie qui a disparu. Je ne peux pas m'arrêter de vivre pour autant.

J'avais les larmes aux yeux, je voyais bien que mon père était désemparé, mais je ne pouvais pas accepter qu'il me restreigne ainsi. Cela ne ferait qu'attiser sa peur. Après la mort de maman, il avait eu une période où le moindre bobo sans gravité déclenchait chez lui une anxiété telle qu'il m'amenait directement aux urgences. J'étais plus jeune et plus malléable à l'époque, mais je m'étais sentie étouffée par ses angoisses. Cela n'avait fait qu'augmenter mon sentiment d'insécurité et ma peur des maladies, qui durant un moment étaient devenus extrêmement handicapants socialement. Encore maintenant, je ne pouvais pas rester à côté d'une personne enrhumée sans retenir ma respiration durant dix secondes quand elle éternuait ou toussait. J'en étais à en vouloir aux autres quand ils étaient malades. J'avais certes peur de la contamination, mais mes sentiments étaient en réalité plus complexes. J'avais surtout de la colère vis-à-vis de la personne souffrante, et j'avais alors envie de la secouer, de la faire se battre, même contre son gré. Voir dormir une personne grippée me mettait dans un état de stress tel que je m'agitais sans cesse autour, le réveillant sans arrêt pour le forcer à boire, manger, prendre des tisanes ou des médicaments. J'avais compris à force d'y réfléchir que ce comportement cachait en réalité un sentiment d'impuissance face à la maladie, que je n'arrivais pas à accepter. Dormir, c'était mourir, c'était arrêter de se battre. Ma mère s'était endormie. C'est ce que mon père m'avait dit. Par la suite, j'avais eu une période d'insomnies terribles, j'avais peur de ne jamais me réveiller. J'avais aussi gardé une peur de la fatigue et de sa signification. Être fatigué, cela voulait dire être malade. Se reposer, c'était arrêter de lutter. J'évitais ainsi soigneusement les sorties tardives et avais maintenant une phobie des hôpitaux assez sévère. Pourtant, les infirmières des urgences avaient toujours été très gentilles avec moi, rassurant mon père sans le stigmatiser.

— Je suis désolé, ma chérie, dit-il finalement en rassemblant machinalement les miettes sur la table, tu as raison, je ne peux pas projeter mes peurs sur toi, mais s'il t'arrivait quelque chose je ne me le pardonnerais jamais.

— On ne contrôle pas tout papa, c'est toi qui me l'as dit. Je suis très prudente, tu le sais non ?

— Oui, je sais, mais je préfère quand même que tu ne rentres pas seule. Ce garçon, Ethan, il ne peut pas te ramener ? Il a bien une voiture ? Tu m'as dit qu'il passait devant chez nous pour aller chez lui.

Ethan. Je n'y pensais plus depuis la conversation avec Sihème, et je n'avais plus vraiment envie qu'il occupe mes réflexions comme cela avait été le cas auparavant.

— Il ne vient pas toujours au lycée, répondis-je sans m'appesantir.

— Ah ? Il sèche ? Dans ce cas il ne me semble pas bien sérieux. Et Sihème ? Vous ne pouvez pas rentrer ensemble comme hier ?

— Cela lui fait faire un détour, papa, et puis si elle me raccompagne chez moi, qui va ensuite la raccompagner chez elle ? Imagine qu'elle ait un souci sur le chemin ? Ce n'est pas un garde du corps, c'est une amie. Ce n'est pas pareil...

Mon père maugréa d'une voix sourde, tapotant avec ses doigts sur la table. Je savais que cela signifiait qu'il allait battre en retraite sans avoir trouvé de solution satisfaisante. Il manifestait ainsi son mécontentement vis-à-vis de lui-même, ne supportant pas l'échec de notre négociation.

— OK, mais laisse ton portable allumé et appelle-moi en partant du lycée et en arrivant à la maison. Tu me le promets ?

— Oui papa, promis. Ne t'en fais pas, je ne traîne pas le soir dans des ruelles désertes quand même !

J'essayais de me rassurer en tournant en dérision la peur de mon père, mais celle-ci commençait à me contaminer insidieusement.

— Je sais bien Sarah, mais reste vigilante quand même, on ne sait jamais. On entend tellement de choses, j'ai l'impression que les gens deviennent fous.

Je pensai en mon for intérieur qu'il n'avait pas tort.

— Je dois y aller, papa, je vais être en retard sinon et je n'ai pas envie de courir sur le chemin.

— Tu m'appelles quand tu arrives, hein ?

— Oui, lui répondis-je en attrapant mon manteau. Il faisait environ six degrés dehors et j'avais du mal à me faire à cette température hivernale à cette période de l'année. L'hiver allait être dur.

– 17 –

Sur le chemin, mon esprit tourna en boucle tandis que mes pieds m'emportaient machinalement vers le lycée. Je gardais au fond de moi un secret espoir de trouver Caroline et Sihème, bavardant devant le lycée. Je ne pensais pas à Ethan. Son attitude m'énervait maintenant et je commençais à penser qu'il n'en valait finalement pas la peine. C'était bien ce qu'il m'avait signifié d'ailleurs. Après tout s'il souhaitait être seul, pourquoi pas, il y avait des gens comme cela.

Un vent sec et froid me harcelait et je pestais contre cette ville que je n'aimais toujours pas. Je n'en voulais plus à mon père, mais à la moindre opportunité, je filerais d'ici sans regret. Cependant, les possibilités étaient très limitées pour le moment et je devais m'acclimater tant bien que mal. Mon père avait déjà prévu des vacances à San Francisco en décembre. J'avais hâte de revoir mes anciennes amies. Elles m'écrivaient toujours via les réseaux sociaux, mais leurs messages étaient de moins en moins longs. Je sentais bien que d'ici quelques mois, nous n'échangerions plus que des banalités. L'amitié adolescente ne s'accommodait pas de l'éloignement physique. Je ne pouvais pas leur en vouloir, moi aussi je faisais de même. Je préférais parler de mes soucis avec Sihème et Caroline plutôt qu'avec mes amies de plus longue date, mais qui ne le connaissaient pas.

J'avais marché la tête baissée, croisant sans les voir quelques camarades de classe. En relevant la tête, je vis enfin l'escalier de l'entrée du lycée. Le vent glacé avait eu raison de la plupart de ceux qui restaient d'habitude dehors jusqu'au dernier moment. Seuls quelques fumeurs téméraires se tenaient encore là, aspirant la fumée comme s'il s'agissait d'un fluide vital. Caroline n'en faisait pas partie.

Je m'y attendais, mais cela me fit tout de même soupirer et entrer sans entrain aucun dans l'enceinte du bâtiment.

Je me dirigeai vers ma classe quand mon téléphone vibra. Je le sortis précipitamment et regardai avec incrédulité le message qui venait de s'afficher.

« Ne parle plus avec Ethan ou tu auras des soucis. »

Le message n'était pas signé, mais j'avais mon idée quant à son expéditeur. L'image des yeux perçants de Johanna vint se graver dans mon esprit, me donnant un début de tachycardie au passage, et j'accélérai instinctivement le pas.

J'arrivai soulagée dans la salle, filant m'asseoir près de Sihème qui était déjà là. Johanna n'était pas encore arrivée. Marc me décocha un regard noir et je baissais les yeux. Lui aussi était jaloux ou quoi ? C'était insensé... Une partie de moi avait envie de se révolter contre le harcèlement que je subissais. L'autre moitié de mon être réagissait plutôt en souhaitant se terrer sous la couette, apeurée. Mais ce qui me travaillait le plus, c'était que je ne comprenais pas leurs motifs. Pour Johanna, elle ne semblait pas proche d'Ethan, je ne les avais que très rarement vus ensemble. Cela ne l'empêchait certes pas d'être jalouse ni d'avoir des vues sur lui, mais cela me semblait étrange. Quant à Marc, ils étaient souvent ensemble, mais Ethan m'avait dit qu'il n'était pas son ami pour autant. Ethan m'appréciait, mais ne voulait pas être avec moi. Ce garçon disait des choses et faisait le contraire. Je secouai la tête, m'étant promis de ne plus me laisser envahir par mes incompréhensions le concernant. Si un jour il voulait jouer franc jeu, il pourrait toujours le faire. En attendant, je devais me protéger de son attitude incohérente. Et de l'animosité des autres aussi. Dans les deux cas, ce qu'il fallait faire était d'éviter d'avoir affaire à Ethan.

Le professeur de mathématiques venait d'entrer. Johanna le suivait et vint s'asseoir derrière moi. Sa présence me stressait, surtout dans mon dos. J'hésitais de plus en plus à aller voir la conseillère afin de lui parler des menaces que je venais de recevoir, mais j'étais à l'âge où une fierté mal placée m'empêchait de demander de l'aide facilement. Je me retournai pour regarder Johanna fixement, posant délibérément mon téléphone portable sur la table. Elle ne sourcilla pas, ce qui m'étonna, et soutint mon regard.

— Mademoiselle Wood, que fait votre portable sur la table ? Veuillez le ranger et vous retourner, vous retardez tout le monde, dit le professeur d'une voix forte, me faisant sursauter.

Johanna ricana et je sentis mes joues s'empourprer de colère. Sihème m'adressa un regard interrogateur en indiquant mon téléphone et je lui indiquai la sortie pour lui faire comprendre que je lui montrerais après le cours.

— Avant de commencer, je dois faire une annonce concernant une de vos camarades. Caroline Serrantes n'est pas rentrée chez elle depuis deux jours et ses parents n'ont pas de nouvelles. Une enquête de police est lancée pour disparition inquiétante. Si l'un ou l'une d'entre vous a eu ou a des informations, vous devez immédiatement contacter la police. Ceci étant dit, sortez vos ouvrages à la page 42.

L'heure passa vite et nous enchaînâmes les deux autres cours sans avoir de réelle pause. Les commentaires allaient bon train et certaines mauvaises langues disaient que Caroline avait dû filer quelques jours avec un garçon. Elle avait la réputation d'être « facile », ce qui ne m'étonnait guère vu les discours qu'elle tenait, mais cela me révoltait tout de même. Peut-être parce que je savais ce qu'elle avait traversé et pourquoi elle prenait les choses de cette façon maintenant. Une voix grinçante que j'aurais reconnue les yeux fermés me porta l'estocade finale en sous-entendant qu'elle était partie avec Ethan.

Je me retournais, furieuse malgré la préparation mentale que j'avais faite pour ne plus réagir à ses provocations.

— Tu ne peux pas arrêter un peu de médire sur tout le monde ? Tu as un problème avec Caroline ? Avec Ethan ? Tu sais quelque chose ou c'est juste pour déverser ton venin sans raison ?

Devant ma colère, que je contenais de plus en plus difficilement, Johanna eut un léger mouvement de recul, qui me fit gagner en assurance.

— Tu n'as pas remarqué que Ethan n'était pas là non plus ? Tu l'as fait partir la dernière fois, ça ne m'étonnerait pas qu'il se soit consolé ailleurs... Et puis Caroline ne dit pas souvent non, alors un beau mec comme lui, tu imagines bien...

Justement, non, je ne voulais pas imaginer. Moi qui pensais que j'étais libérée de mes sentiments pour Ethan... ils venaient de revenir en force et de me frapper comme une lame de fond. Une rage puissante me submergea, contre Caroline, contre Ethan, contre Johanna. Je ne contrôlais plus rien et en l'espace d'une seconde, sans que je puisse faire quoi que ce soit, j'avais empoigné Johanna par les épaules et l'avais projetée contre le mur. Le bruit du choc de son corps contre les briques me ramena à la raison et je restai prostrée là à la regarder se frotter vigoureusement le bras, ses larmes commençant à couler.

— Tu es complètement folle, me lança-t-elle en pleurant. Je suis sûre que tu m'as cassé le bras ! Je vais porter plainte, tu es un danger public !

Un attroupement s'était formé autour de nous, profitant du spectacle. Certains nous photographiaient même avec leurs téléphones.

Je n'arrivais pas à comprendre comment j'avais pu faire ça. Le stress, la colère, l'incompréhension et la peur s'étaient mélangés pour me submerger sans que je puisse réagir.

Un surveillant venait d'arriver en courant, précédé par une élève qui avait dû le prévenir.

— Qu'est-ce que c'est que ce bazar ? cria-t-il en voyant Johanna pleurer contre le mur.

— Elle m'a agressé, répondit-elle en me pointant du doigt comme une enfant.

Le surveillant se tourna vers moi.

— C'est vrai ? me demanda-t-il.

Je hochai la tête sans répondre, consciente que ma situation était délicate. Tout le monde m'avait vu la pousser, mais personne n'avait été témoin de ses manœuvres d'intimidation récurrentes. Je préférai en parler directement avec la conseillère de vie scolaire plutôt qu'avec ce surveillant que je ne connaissais pas.

— Eh bien ! tu as gagné ton ticket pour un rendez-vous avec le directeur chère demoiselle.

— Le directeur ? demandai-je inquiète.

— Oui. Tout à fait. Je ne sais pas si tu es au courant, mais ici on n'a pas le droit de frapper les autres élèves. Tu risques le renvoi, j'espère que tu t'en rends bien compte.

Je m'en rendais compte maintenant en effet. J'imaginai la tristesse de mon père s'il apprenait cela. Il fallait que j'explique ma situation et pourquoi j'avais perdu mon sang-froid. Tout ça était plus qu'injuste, même si je n'aurais évidemment pas dû en venir ainsi aux mains avec cette fille. Je le suivis la tête basse, non sans avoir jeté un coup d'œil désolé à Sihème qui me regardait, n'en croyant pas ses yeux.

En entrant dans le bureau du directeur, je me sentais de plus en plus mal. Johanna me suivait de près et vint s'asseoir à côté de moi, ne m'adressant pas un regard et frottant toujours son bras endolori.

— Mesdemoiselles, on m'a indiqué que vous vous étiez battues dans le couloir. J'exige des explications immédiates, commença le directeur d'une voix morne tout en regardant son téléphone portable.

Il ne semblait pas vraiment intéressé par notre affaire ou il avait un rendez-vous bientôt, mais en tout cas, son attitude m'agaçait un peu.

— Cette énergumène m'a attaqué alors qu'on sortait de cours, commença Johanna plaintivement. Elle a bien failli me casser le bras.

— Mademoiselle, me demanda-t-il, veuillez m'expliquer ce qu'il s'est passé. Pourquoi avez-vous agressé votre camarade.

Le mot camarade me donna envie de hurler, mais je me contins. Je savais qu'il fallait que je fasse attention sans quoi je serais exclue du lycée et Johanna gagnerait. Je ne supportais pas cette idée. Je ne connaissais pas cet homme, mais il me donnait l'impression de quelqu'un de juste. Je décidai donc de jouer cartes sur table. Après tout, le harcèlement était un délit au même titre que la violence physique.

— Johanna me harcèle depuis que je suis arrivée dans ce lycée, lâchai-je sans préambule, consciente de l'effet que cela aurait.

Le directeur se redressa d'un coup, les choses étaient plus compliquées que ce qu'il avait imaginé au premier abord. Le harcèlement était très médiatisé, notamment depuis qu'une étudiante s'était pendue il y avait quelques semaines de cela suite à une affaire de cet ordre. Le directeur n'avait absolument pas envie de ce genre de publicité pour son établissement. Fairbanks ne jouissait déjà pas d'une réputation propre à attirer des foules de lycéens talentueux, si en plus on apprenait que du harcèlement y sévissait, c'en serait fini de ses subventions.

— Expliquez-moi tout ça, reprit-il d'une voix plus douce en me regardant.

— Depuis le début de l'année, Johanna m'a plusieurs fois bousculé physiquement, insulté, tenté de me ridiculiser et de m'intimider, dis-je succinctement en la regardant sans ciller.

Elle ne bougeait pas, très droite sur sa chaise.

— Est-ce que vous reconnaissez avoir fait tout cela, mademoiselle ? lui demanda le directeur.

— Bien sûr que non, elle vient de me projeter contre un mur. Qui de nous deux est la victime à votre avis ? demanda-t-elle l'air faussement apeurée. Cette fille raconte n'importe quoi, je la connais à peine.

Je bouillais intéricurement. Elle était décidément bonne comédienne et je sentais que le directeur se laissait prendre au jeu.

— Est-ce qu'il y a des témoins de tout ça ?

— En tout cas, il y a plein de gens qui ont pu la voir m'agresser tout à l'heure soupira Johanna qui faisait mine de s'ennuyer un peu.

— Et vous ? me demanda-t-il. Avez-vous des preuves de ce que vous avancez ? Des témoins ?

Je baissai la tête. Elle avait été bien plus futée que moi…

— Non, mais j'ai reçu un SMS tout à l'heure que je peux vous montrer. Il est anonyme par contre.

Je lui mis mon portable sous le nez afin qu'il puisse juger par lui-même.

— En effet, c'est une menace directe. Vous n'avez pas d'idées sur son expéditeur ?

— Heu, répondis-je, si bien sûr, mais je ne peux pas être formelle.

— Ethan, c'est bien celui qui est dans votre classe ? Pas souvent présent celui-là…

— Oui, c'est lui. Mais si j'ai une idée de qui a pu m'envoyer ça, c'est parce qu'à chaque fois que Johanna m'a bousculé ou insulté, c'était à propos de ce garçon.

Le directeur soupira bruyamment.

— Bien, mesdemoiselles, vous allez sortir de mon bureau, partir chacune d'un côté et ne plus vous écharper ainsi à cause de ce Ethan. On n'est plus à la maternelle ici ! Si jamais j'entends de nouveau parler de vous, ce sera exclusion immédiate. Pour vous deux. Et vous, me dit-il, vous allez prendre rendez-vous avec la conseillère psychologue du lycée. Si jamais vous recevez d'autres menaces, tenez-m'en informé tout de suite. Vous, passez voir l'infirmière. Je n'ai pas l'impression que ce soit bien grave, mais on ne sait jamais, dit-il à Johanna.

Nous sortîmes toutes les deux sans nous regarder et nous séparâmes, moi un peu rassurée, Johanna plus renfermée que jamais.

– 18 –

Le week-end était passé et ce lundi, je me réveillai en sursaut, trempée de sueur. J'avais fait des cauchemars mélangeant enlèvement, séquestration, et bien pire encore. Je regardai autour de moi pour m'apaiser un peu. Mon regard se porta sur la collection de peluches qui trônait sur mon meuble bas en bois blanc. Vestiges d'une autre époque, de la douceur enfantine, elles étaient mon ancrage dans les moments de doute et de remise en question propres à l'adolescence. Elles me permettaient de renouer avec une partie de moi que parfois, je pensais oubliée.

Je n'avais pas raconté à mon père l'altercation avec Johanna. Je ne souhaitais pas lui faire de la peine et n'étais pas très fière de moi. Je fis donc comme si de rien n'était en descendant dans la cuisine prendre mon petit déjeuner.

— Bonjour, papa, lançai-je de la voix la plus gaie que je pouvais trouver au fond de moi-même.

— Bonjour, Sarah, bien dormi ?

— Oui, mentis-je sans le regarder, m'étirant paresseusement.

— Toujours pas de nouvelles de ton amie ? demanda-t-il un peu anxieux.

— Non, les profs nous ont donné un numéro à appeler au cas où on aurait des informations, mais elle n'a pas répondu à mes appels ni à mes mails.

— Ne t'en fais pas trop, je pense qu'elle va vite réapparaître, tenta de me rassurer mon père sans trop y croire lui-même.

— J'espère papa, je commence à m'inquiéter. Plus que ça même…

Je finissais mon petit déjeuner rapidement. L'idée de retrouver Johanna me vrillait l'estomac. Et Ethan revenait hanter mes pensées intimes. En bref, j'aurais préféré rester dans mon canapé avec mon chat et une couverture plutôt que d'aller au lycée ce matin.

Sur le chemin, que je connaissais pourtant par cœur, je me pris à stresser quand une voiture passa à côté de moi en ralentissant légèrement. J'accélérai le pas sans m'en rendre compte et baissai la tête. Toutes ces histoires me rendaient paranoïaque, j'en avais plus qu'assez. Les pick-up commençaient à me sortir par les yeux, les petites maisons en bois coloré me semblaient soudainement hostiles, les rues désertes glauques. Je voyais l'environnement avec un regard déformé par l'angoisse sourde qui commençait à m'envahir jour et nuit. J'avais déjà vécu cela à la mort de ma mère, mais je n'avais pas le même âge et ma résilience était à l'époque plus importante.

Les cours s'étaient passés sans souci, Johanna ne m'avait pas adressé un regard. Caroline et Ethan n'étaient toujours pas là et je ne pouvais m'empêcher de repenser à ce que Johanna avait dit. Ils étaient peut-être ensemble. Cette idée n'aurait pas dû me choquer, puisque j'étais censée avoir fait une croix sur Ethan. En réalité, la simple évocation d'une possible relation entre eux me faisait voir rouge.

J'étais perdue dans mes ruminations, quand une main sur mon bras me fit me retourner, sur la défensive.

— Ce n'est que moi, dit Sihème d'une voix apaisante.

— Désolée, je suis un peu à cran avec toutes ces histoires en ce moment.

— Alors, tu ne m'as pas raconté comment s'est passé ton entretien avec le directeur. Et ton père, qu'est-ce que tu lui as dit ?

— Je n'ai rien raconté à mon père, le directeur n'a pas réussi à trancher entre nous. Je pense qu'il m'a tout de même prise au sérieux, surtout quand je lui ai montré le SMS. Mais le souci, c'est que Johanna arrive toujours à me faire sortir de mes gonds en public. Elle est bien plus maligne que moi...

— Je ne dirais pas ça, dit Sihème. Elle est surtout complètement frappée. Évite-la, c'est la seule chose à faire pour ne pas t'attirer d'ennuis, je pense.

— Oui, de toute façon c'est ce que le directeur nous a ordonné. Chacune de notre côté, comme au jardin d'enfants... Tu veux qu'on rentre ensemble ? Tu pourrais prendre un thé à la maison. Mon père a acheté des cookies hier et ils sont délicieux. J'ai vraiment besoin d'un moment sympa. Pas toi ?

Sihème me regardait l'air un peu absent.

— Quoi ? repris-je. Ça va Sihème ?

— Non, pas trop en fait, commença-t-elle. Sarah, ils ont retrouvé Caroline.

— Elle va bien ? demandai-je avec inquiétude au vu de la mine défaite de mon amie.

— Non, pas vraiment, je n'ai pas beaucoup d'informations et il ne faut pas l'ébruiter, mais sa mère m'a appelé pour me dire qu'elle était à l'hôpital. Apparemment elle ne semblait pas avoir toute sa tête.

— Comment ça ? Elle n'est pas folle quand même ? Ça veut dire quoi, pas toute sa tête ?

— Je ne sais pas bien. Sa maman était bouleversée, tu imagines bien... Je lui ai demandé si je pouvais aller la voir et elle veut bien. Je pars tout de suite, tu viens avec moi ?

— Il faut que je prévienne mon père, lui répondis-je.

Je l'appelai, mais tombai sur son répondeur. Il devait être en réunion.

— Je n'arrive pas à l'avoir, mais je viens quand même. De toute façon, on sera rentrées avant qu'il n'arrive. Je lui dirai ce soir. Il s'inquiétait aussi beaucoup pour elle ce matin.

— Il la connaît ?

— Non, mais c'est une de mes deux amies ici, autant te dire qu'elle a une grande valeur à ses yeux !

Sihème me regarda en souriant doucement, hochant la tête. Elle attacha ses cheveux fins et frisés en chignon et nous partîmes vers le bus.

Le trajet n'était pas très long, à peine dix minutes, et nous le passâmes silencieuses. Je regardai la route, comme hypnotisée par la chaussée qui défilait derrière la vitre sale. Il commençait à pleuvoir et de la boue jonchait le bas-côté.

En descendant du bus, j'eus une hésitation. J'avais envie de faire demi-tour à toute allure. L'hôpital, entouré d'un gigantesque parking et d'allées engazonnées, se dressait devant moi. Un frisson remonta le long de mon dos, mais ce n'était pas le froid qui le provoquait. Je m'étais arrêtée sans m'en rendre compte et Sihème se retourna au bout de quelques mètres.

— Sarah, dépêche-toi, il pleut et je n'ai pas de capuche !

— J'arrive, désolée, lui répondis-je en la rattrapant courageusement.

Je ne pouvais pas laisser tomber Caroline. J'avais décidé de ne pas tenir compte des messages de détresse de mon cerveau apeuré, qui m'arrivaient par vagues.

L'entrée de l'établissement était relativement calme par rapport à mes souvenirs de San Francisco. Nous nous dirigeâmes vers l'accueil et primes un ticket. Les sièges d'attente, défraîchis et gris comme la façade, ne donnaient pas envie de s'y attarder. Heureusement, notre tour arriva très rapidement.

Une femme aux cheveux gris tirés en arrière nous attendait derrière son guichet.

— Mesdemoiselles ?
— Bonjour, dit Sihème, on est venu voir notre amie Caroline Serrantes.
— Et vous êtes ?
— Des amies.
— Seule la famille est autorisée à la voir, nous répondit-elle après avoir consulté son registre.
— Mais sa mère m'a appelé pour me dire de venir ! s'agaça Sihème.
— Désolée, ce sont les consignes que j'ai reçues. Allez, laissez la place aux autres, dit-elle en appuyant sur le bouton faisant retentir la sonnerie d'appel. Une autre personne arriva immédiatement pour prendre notre place, sortant sa convocation à un examen médical.

Dépitées, nous tournions en rond dans le hall quand j'en eus soudain assez. Cela me rappelait les attentes interminables dans les couloirs quand nous attendions avec mon père des nouvelles de ma mère lors de sa dernière opération.

— Viens, dis-je à Sihème en la prenant par la main. On va la trouver nous-mêmes. On n'a pas besoin de cette pimbêche pour ça.
— Mais elle a dit qu'il fallait qu'on soit de la famille pour aller la voir…
— Oui, et sa famille t'a appelé pour te dire que tu pouvais y aller. Donc c'est bon, lui répondis-je en l'entraînant vers l'ascenseur. Sa mère t'a dit dans quel service elle était ?
— Ben, aux urgences, me répondit-elle en écartant les mains.
— Ah… oui, évidemment… C'est pour ça qu'on n'a pas le droit d'y aller. Ils ne nous laisseront pas rentrer. Il faut qu'on attende qu'elle soit aguillée dans un autre service. Ça risque d'être long, dis-je en consultant ma montre.

Je commençais à me dire que je ne serais pas rentrée avant mon père. J'espérais qu'il ne s'inquiéterait pas.

— Tu as l'air de bien connaître les urgences, tu y as déjà été ? demanda Sihème.

— Oui, plusieurs fois. Pour ma mère.

Sihème comprit que je n'avais pas envie d'en parler et n'insista pas.

— Tu veux que j'aille te chercher un chocolat chaud ? lui proposai-je.

— Oui, volontiers, tu me mets un sucre en plus s'il te plaît.

— OK.

Je tournai les talons et arpentai les couloirs à la recherche de la machine salvatrice. Tout se ressemblait dans un hôpital et j'avais un peu de mal à m'orienter. J'étais par contre fière de moi. J'avais réussi à exorciser ma peur et me promenais dans les différents services sans réticence particulière. J'étais de toute façon bien décidée à ne pas quitter l'établissement avant d'avoir pu voir Caroline.

Au 4e étage, je regardai une pendule. Cela faisait déjà dix minutes que j'avais laissé Sihème. Je lui envoyai un SMS pour lui dire que je me dégourdissais un peu les jambes, mais que son chocolat arriverait bientôt.

J'allais redescendre en prenant l'escalier quand une silhouette familière attira mon attention. J'écarquillai les yeux. Il était là, assis sur une chaise bleue près de l'escalier. Il ne m'avait pas vue et j'hésitais à aller le voir, mais la curiosité fut la plus forte et je m'avançai vers lui.

— Bonjour Ethan, fis-je en me mettant à sa hauteur.

Il avait la tête baissée sur son portable et semblait fatigué. Cela faisait maintenant trois jours qu'il n'était pas revenu à l'école. Le trouver ici ne me disait rien qui vaille. Était-il malade ? Cela pouvait expliquer ses absences, mais pas son comportement si spécial et un tantinet asocial.

Il releva la tête stupéfait et me dévisagea froidement.

— Sarah ? Qu'est-ce que tu fais là ?

— Heu, on est là avec Sihème pour Caroline. Je ne sais pas si tu es au courant ?

— Oui, répondit-il simplement.

Une suspicion était toujours présente dans mon esprit.

— Tu es au courant de quoi exactement ?

Ses yeux si particuliers me dévisagèrent sans ciller.

— De ce que j'ai entendu à la radio, comme toi non ? Pourquoi ? Tu crois que c'est moi qui l'ai kidnappée ou quoi ?

Toujours cette susceptibilité à fleur de peau. Il me faisait penser à un animal blessé. Sauvage et peut-être dangereux.

— Non, bien sûr que non, ne t'énerve pas. Elle a été retrouvée, c'est pour ça qu'on est là. Ses parents ont appelé Sihème pour qu'on puisse venir la voir. Je pense qu'ils ne savent pas trop comment l'aider et qu'ils veulent qu'elle ait des amies avec elle.

L'expression d'Ethan avait changé du tout au tout. Il semblait sincèrement inquiet.

— Elle va comment ? Tu sais ce qu'il lui est arrivé ?

— Non, je n'ai aucune info, ils n'ont rien voulu nous dire à l'accueil. On attend qu'elle soit transférée dans un service pour aller la voir. Si on peut.

Il hocha la tête, reprenant son mutisme habituel.

— Et toi, comment tu vas ? me risquai-je à lui demander.

— Bien, répondit-il simplement.

— Tu attends quelqu'un ? Qu'est-ce que tu fais ici ?

— Rien, dit-il sans me regarder, évitant mon regard.

— Ethan, ça fait trois jours qu'on ne t'a pas vu au lycée, c'est normal que je m'inquiète.

— Tu t'inquiètes ? demanda-t-il narquois en relevant la tête. Je croyais que tu ne voulais plus avoir affaire à moi ?
Il me regardait intensément, mais je n'arrivais pas à déchiffrer son expression.
— Je m'inquiète pour toi, réellement, bredouillai-je maladroitement.
— Je n'ai pas besoin de ton inquiétude, coupa-t-il.
— Ah ? Tu as besoin de quoi ? Dis-le-moi, car je ne te comprends pas. Tu sembles en colère contre moi quand je m'approche de toi, mais quand je te dis que je veux mettre de la distance c'est encore pire. J'ai envie de t'aider, je te l'ai déjà dit.
— Mais bon sang, s'exclama-t-il. Tu n'as pas encore compris ? Je ne veux pas de ta pitié !
— Tu veux quoi alors, parle ! Je ne suis pas télépathe à la fin ! m'énervai-je.
Il se leva d'un bond, me prit la tête entre ses mains et posa son front quelques secondes contre le mien, fermant les yeux, puis y déposa un baiser, presque douloureusement, me prenant complètement au dépourvu.
L'instant d'après, il était déjà parti, marchant rapidement tête baissée dans le couloir.
Je restai là. Une vague d'émotion me submergeait, me clouant sur place. Qu'est-ce que ça voulait dire ? Il avait manifestement des sentiments pour moi, fougueux, contenus, chastes et désespérés à la fois. Quel était donc ce secret qui le rongeait et l'empêchait à ce point de vivre et d'aimer ? J'étais au moins maintenant sûre d'une chose : je ne lui étais pas indifférente, bien au contraire.
Pensive, je pris les deux chocolats que j'étais venue chercher et m'avançai vers l'escalier. En levant la tête, je lus la pancarte indiquant le nom du service. Neurologie. Que faisait Ethan ici ? Pour la première fois, je m'inquiétais réellement pour sa santé.

Et s'il avait une maladie grave ? Un cancer du cerveau peut-être ? C'était une des maladies qui me faisait le plus peur. Mais il aurait été en oncologie dans ce cas. Je ne connaissais pas vraiment de pathologies neurologiques, hormis la maladie d'Alzheimer, mais il était bien trop jeune pour avoir cela.

En arrivant au rez-de-chaussée, je cherchais quelques minutes Sihème avant de la retrouver un gobelet à la main.

— Eh ben, je ne t'attendais plus. Tu t'es perdue ou quoi ?

— Non, j'ai fait un tour pour me détendre un peu et je suis tombée sur Ethan.

— Ethan ? Qu'est-ce qu'il fait ici ?

— Je ne sais pas, il n'a pas voulu me le dire, mais il n'avait pas l'air bien en tout cas.

Je n'avais pas envie de tout lui raconter.

— Il est malade ?

— Non, enfin je ne sais pas. Il n'avait pas l'air malade, mais il n'était pas dans son assiette, psychologiquement je veux dire.

— Oui, enfin c'est quand même rare qu'il respire le bonheur...

— Des nouvelles de Caroline ? demandais-je pour changer de sujet.

— Non, toujours rien. Ça fait déjà quasiment une heure qu'on est là pourtant.

— Je vais retourner demander à l'accueil.

Quelques minutes plus tard, je revins avec des informations.

— Elle a été transférée, ça y est. Elle est au deuxième étage, couloir bleu, chambre 245, dis-je à Sihème. On peut aller la voir, mais pas longtemps, car les visites se terminent bientôt.

En arrivant devant la porte de sa chambre, nous croisâmes ses parents qui venaient d'en sortir.

— Bonjour, Madame Serrantes, comment va-t-elle ? demandai-je.

— Mieux que ce que l'on craignait, me répondit une belle femme d'âge mûr, les cheveux encore blonds laissés longs. Mon mari vient de partir voir le médecin. C'est très gentil d'être venues la voir, cela lui fera plaisir. On ne se connaît pas, mais tu dois être Sarah ?
— Oui.
— Bien, je vous laisse avec elle, merci encore de la soutenir ainsi.

Les parents de Caroline nous serrèrent chaleureusement la main et partirent, les épaules basses et la démarche fatiguée.

Caroline était allongée sur son lit, blanche, les traits tirés. La blouse bleutée qui flanquait tous les patients accentuait son teint cireux. Elle nous regarda avec un faible sourire, ses yeux exprimant du soulagement.

— Vous pouvez approcher, j'ai déjà mangé, vous ne risquez rien, dit-elle faiblement, n'ayant pas perdu son sens de l'humour malgré la situation.

Nous étions restées sur le pas de la porte, comme bloquées. Cela nous faisait un choc de voir notre amie ainsi. L'imaginer était une chose. La voir réellement en était une autre.

— Désolée Caroline, dit Sihème en approchant du lit. Comment te sens-tu ?

— Vaseuse. Ils m'ont donné des calmants assez forts, je crois. J'ai mal à la tête.

— Qu'est-ce qui t'est arrivé, tu t'en souviens ? lui demandai-je.

Elle semblait légèrement honteuse, n'osant pas trop répondre.

— Je n'étais pas vraiment dans mon assiette ces temps-ci. J'ai un peu perdu les pédales il y a 3 jours. Trop de stress, trop de fatigue, je me sentais seule, j'ai eu besoin d'un petit…remontant, commença-t-elle.

Sihème fronça les sourcils.

— Quoi comme remontant ?

— De la drogue… Je suis désolée Sihème, mais je me sentais tellement mal. Je n'arrivais plus à gérer mes angoisses. Je ne savais plus quoi faire, et j'ai croisé Marc…

Tout s'accéléra dans mon esprit. Marc avait fourni de la drogue à Caroline. Ethan était à l'hôpital comme Caroline. Il avait été absent en même temps qu'elle. Je commençais à penser que Johanna avait raison. Ethan avait peut-être pris de la drogue et avait filé avec Caroline. Je me sentais très mal à l'aise de lui poser la question, mais il fallait que je le fasse. Sihème me prit de vitesse, désespérée par la réponse de Caroline.

— Sérieusement ? Caroline, tu m'avais dit que tu ne toucherais plus à ce genre de chose ! commença Sihème en tâchant de se maîtriser. Cela ne t'a pas suffi la dernière fois ? Comment as-tu pu prendre volontairement cette saloperie ? Et qu'est-ce qui t'as pris de faire confiance à Marc ? C'est le pire gars de notre classe.

Caroline resta silencieuse un instant, mais regardait intensément Sihème. Je ne savais plus où me mettre.

— Comment peux-tu me renvoyer ça dans la tête ? s'énerva soudain Caroline, s'asseyant d'un bond sur son lit. Et devant Sarah en plus ! Je t'avais dit de ne le dire à personne ! Tu étais la seule à savoir. Tu n'es pas une vraie amie !

Sihème baissa la tête, les larmes aux yeux de colère et de tristesse mêlées et sortit sans un mot.

Caroline tourna le regard vers moi, l'air navré.

— Tu ne soupçonnais pas comme ma vie pouvait être glauque, hein, Sarah ? Eh bien oui, Caroline, la reine de la promo, est une junky et n'arrive pas à prendre sa vie en main.

— Caroline, ne sois pas trop dure avec toi-même. Ni avec Sihème. J'ai dû beaucoup insister avant qu'elle ne me raconte une partie de ce qui t'est arrivé. Elle tient énormément à toi, elle s'inquiète beaucoup à ton sujet. Les jours où tu étais partie, elle n'en dormait pas. Et ne dis pas que ta vie est glauque. Tu as de gros soucis, c'est vrai, mais je pense vraiment que cela ne va pas durer. Tu vas aller mieux maintenant. Tu es entre de bonnes mains ici, et je te promets qu'on ne va plus te lâcher avec Sihème. Il faut que tu nous dises quand ça ne va pas. On est amies, c'est important de se soutenir. Tu sais moi aussi, des fois je perds pied. Hier, j'ai pleuré une heure dans ma cuisine, toute seule, assise par terre.

— Qu'est-ce qui t'est arrivé ? demanda Caroline avec empathie.

— C'est Johanna. Elle me harcèle. J'ai même reçu des menaces et… je l'ai envoyée valser contre un mur. Le directeur m'a convoquée.

Elle me regarda avec un étonnement amusé.

— Ah oui quand même ! Je ne suis pas la seule à avoir du mal à confier ses problèmes apparemment. Pourquoi tu ne nous as pas dit que c'en était à ce point ?

— Je ne voulais pas vous importuner avec ça. Mais tu as raison, finalement j'ai un peu fait comme toi. J'ai caché mes soucis en pensant que je serais capable de les gérer.

— Bienvenue au club…

Une question revenait sans cesse à mon esprit et je me résolus à la poser.

— Caroline, demandai-je, est-ce que Ethan était avec toi ?

Elle me regarda interloquée.

— Comment ça avec moi ? Où ça avec moi ?

— Ces derniers jours, Ethan n'était pas au lycée non plus. Et Johanna a suggéré que…que peut-être il était avec toi.

— Tu me demandes quoi ? Si Ethan a des soucis et les fuit dans des paradis artificiels comme moi ? Ou si j'ai couché avec lui ? demanda-t-elle brutalement.

Je n'avais pas eu l'intention de la blesser, mais je vis à son expression que c'était le cas. J'avais sans doute touché une corde sensible.

— Les deux en fait, répondis-je avec sincérité, je vois bien que ça te met en colère, mais j'ai besoin de savoir, tu sais je n'arrive plus à voir clair dans cette histoire avec lui. Il souffle le chaud et le froid, il me dit des choses et fait le contraire, parfois ça me rend folle. Tu es mon amie Caroline, mais tu ne peux pas nier qu'il y a des choses que tu ne m'as pas dites. S'il te plaît, réponds-moi.

— Ton copain a des problèmes, ça, je peux te le dire. Je l'ai vu traîner le soir avec des gars pas très fréquentables. Mais je ne l'ai jamais vu se droguer et Marc m'a dit qu'il ne lui avait jamais fourni de marchandise. Il tient trop à lui pour ça.

— Marc est un dealer ?

— Si tu savais… On a tous des casseroles plus ou moins lourdes ici. Ce n'est pas un dealer. Disons qu'il fait ce qu'il peut pour tenter de ramener de l'argent chez lui. Sa mère n'a plus rien et son père est parti. Rien n'est tout blanc ou tout noir tu sais Sarah. Marc a des bons côtés aussi. Je les ai parfois vus.

— Ah oui ? Son bon coté c'est de te donner des trucs qui te conduisent aux urgences ? m'agaçai-je. Désolée, c'est un peu trop pour moi. Je ne l'aime pas, il m'a carrément fichu la trouille quand Ethan et moi nous sommes disputés.

— Il est très protecteur avec Ethan, ils sont cousins, tu ne le savais pas ?

Je plissais les lèvres de dépit. Non, personne ne me l'avait dit. Je n'étais même pas au courant de ça. Je me sentais tellement en dehors de sa vie que c'en était douloureux.

— Non, il n'a pas mentionné ce petit détail… Je comprends mieux maintenant. Et aussi pourquoi Ethan m'avait dit que ce n'était pas vraiment un ami. Il a juste omis de me dire qu'il était de sa famille.

— C'est compliqué chez eux, d'après ce que Marc m'a raconté.

— Tu es proche de Marc ? Un cousin aussi peut-être ? demandai-je d'un ton plus sarcastique que je ne l'aurais souhaité.

Elle eut un temps d'attente avant de me répondre et je sentis qu'elle prenait sur elle.

— Non, je suis sortie avec lui il y a longtemps déjà. Il ne m'a pas dit grand-chose, juste que Ethan avait une vie difficile chez lui.

— Pourquoi ?

— Je ne sais pas. Mais il a déjà frappé un gars qui essayait de le racketter il y a six ans. Tu as vu la taille de Marc ? Autant te dire que depuis, plus personne ne s'est moqué d'Ethan.

— Il est assez grand pour se défendre, non ?

— Maintenant oui, bien sûr, mais à dix ans il était encore petit. Il a un an d'avance en plus.

Je commençai à mieux comprendre les relations entre Ethan, Caroline et Marc.

— Et avec Ethan, tu n'as jamais…

Caroline rigola puis plissa les yeux de douleur.

— Aïe, ne me fais pas rire, cela me donne mal à la tête. Ethan, non, pas vraiment mon type. Un peu trop taciturne pour moi. J'ai bien tenté de lui parler deux ou trois fois, mais il n'a que très rarement daigné m'adresser ne serait-ce qu'un regard. Ce gars est un moine en puissance. Je te l'avais dit, tu pourrais me croire quand même !

— Désolée, je ne voulais pas te vexer, répondis-je soulagée.

— Ce n'est pas grave. Moi aussi j'ai déjà été obnubilée par un garçon.

Soudain, elle commença à trembler, des mains d'abord puis des bras. Elle me regarda inquiète.

— Sarah, je ne me sens pas très bien.
-Ne t'en fais pas, j'appelle une infirmière, lui dis-je en essayant de ne pas m'affoler.
Je sortis dans le couloir à toute allure et filai vers le bloc situé près de l'ascenseur
— Mon amie ne se sent pas bien !
Deux infirmières en blouse blanche relevèrent la tête prestement, laissant leur café de côté.
— Qu'est-ce qu'elle a ? me demanda l'une d'elles en marchant rapidement à côté de moi vers la chambre.
— Je ne sais pas, elle s'est mise à trembler d'un coup.
— Restez dehors, m'ordonnèrent-elles sans ménagement.
J'attendais, inquiète, tentant d'écouter ce qu'il se passait, mais la porte était épaisse et je n'entendais que des pleurs étouffés. J'avais largement abusé en lui demandant égoïstement des choses pour faire taire mes propres angoisses, sans réellement me préoccuper de ce qu'elle avait pu vivre. Le pire était que je savais qu'elle ne m'en tiendrait pas rigueur. Caroline était comme ça, toujours la première à pardonner, malgré ce qu'elle avait fait comprendre à Sihème.
Enfin, au bout d'une dizaine de minutes qui m'avaient semblé durer une heure, les deux infirmières sortirent et refermèrent la porte doucement.
— Vous ne pouvez plus aller la voir pour le moment. On lui a donné un sédatif assez fort, elle s'est endormie.
— Qu'est-ce qu'elle a eu ?
— Ses parents sont là ?
— Non, ils sont partis tout à l'heure, je peux les appeler si vous voulez ?
— Nous allons le faire, ne vous en faites pas.
— Qu'est-ce qu'il s'est passé ? insistai-je.

— Elle est en manque, voilà ce qu'il se passe, lâcha une des infirmières tandis que l'autre lui adressait un regard noir.
— Tu n'avais pas à le lui dire ! lui lança-t-elle.
— J'en ai marre aussi de ces ados qui gâchent leur vie alors qu'ils ont tout pour eux...marmonna la première. A sa place, je me serai pris une telle dérouillée que crois-moi, jamais plus je n'aurais touché à la drogue.

Elles me laissèrent là, sans vraiment faire attention à ma mine défaite.

J'avais lu des choses sur le manque et je savais que Caroline allait traverser une période très difficile, éprouvante physiquement autant que moralement. Mais je savais aussi que pour qu'il y ait manque, cela signifiait qu'elle avait dû consommer de la drogue depuis plus de temps que les trois derniers jours... Et ça me rendait malade. De ne pas avoir vu, de ne pas avoir pu l'aider. Elle avait l'air parfaitement normale la plupart du temps pourtant, hormis ses petits coups de folie qu'on avait presque tous à notre âge. Je ne savais plus quoi penser, qui croire. Est-ce que d'autres personnes autour de moi étaient comme elle ?

À San Francisco, j'avais grandi protégée de tout cela et la confrontation avec une autre réalité était très rude. J'étais partagée entre incompréhension, colère, envie d'aider et rejet.

Faisant demi-tour et m'apprêtant à sortir de ce lieu qui me mettait toujours mal à l'aise, je m'arrêtai soudain. Mue par la curiosité et par le questionnement qui n'avait pas trouvé de réponse lors de ma discussion avec Caroline, je remontai machinalement vers l'étage du service de neurologie. Arpentant les couloirs, je voyais des gens avec des bandeaux, d'autres errer dans le couloir en parlant à voix basse. D'autres enfin étaient sans particularité, hormis une certaine lassitude dans le regard, bien compréhensible quand on était hospitalisé ou en attente de nouvelles d'un proche malade. Aucune trace d'Ethan. Je décidai d'aller demander à l'accueil du service.

— Non, désolée Mademoiselle, il n'est pas hospitalisé ici, me répondit gentiment une femme d'une trentaine d'années. Vous savez ce qu'il a ? Vous êtes sûre qu'il est dans ce service ?

— Non, je ne suis sûre de rien, mais je l'ai croisé tout à l'heure.

— Peut-être qu'il était simplement venu voir quelqu'un.

— Oui, sûrement, répondis-je songeuse. Est-ce que vous pouvez regarder avec uniquement son nom de famille ?

— Oui, bien sûr. Alors, Tinberg, c'est ça ?

— Oui.

Je malaxai mes doigts nerveusement, me sentant malgré tout mal à l'aise de pénétrer ainsi de manière forcée dans l'intimité d'Ethan, alors qu'il m'avait clairement fait comprendre qu'il ne le souhaitait pas. S'il avait connaissance de ma démarche, il deviendrait fou furieux.

— Timber, Tinberge, ah, voilà, oui en effet, Tinberg.

Elle s'arrêta tout à coup, paraissant soucieuse et fronçant les sourcils, continuant à lire sur son écran.

— Alors ? demandai-je un peu agacée par son absence de réponse.

— Désolée, je ne peux pas vous donner d'indication sur le dossier. Vous n'êtes pas de la famille ?

— Non.

Je n'avais pas envie de mentir sur ce point. Je me dis encore une fois que je ne le connaissais que bien peu. Pas suffisamment en tout cas pour m'immiscer dans sa vie plus que ce que je venais déjà de faire. J'avais un début de réponse à mes questions. C'était probablement quelque chose en rapport avec la neurologie. Ce domaine de la médecine était vaste, inconnu, et surtout inquiétant. J'avais toujours eu une phobie extrême de toutes ces maladies du système nerveux. Le prion de la vache folle avait hanté mes jeunes années et j'en étais quasiment devenue phobique des vaches. Il faut dire qu'on les voyait souvent dans une attitude très dérangeante, tirant la langue, bouche ouverte et yeux écarquillés pour signifier leur folie supposée. Enfant, j'en avais conclu que toute vache représentait un danger imminent et les séjours à la campagne se transformaient invariablement en crises de larmes au grand dam de mes parents pour qui sortir la nappe et le panier de pique-nique faisait partie des grands plaisirs de la vie de citadin.

— Mademoiselle, vous m'avez entendue ?

— Oui, merci, Madame, bonne soirée, répondis-je simplement d'un air un peu triste.

La dame de l'accueil me regardait avec une pointe de lassitude. Je n'avais pas du tout suivi ce qu'elle venait de me dire, mais de toute façon j'avais compris l'essentiel. Ethan avait un problème de santé, neurologique apparemment, il ne voulait pas m'en parler et cette dame ne me dirait rien de plus. Je pouvais donc rentrer chez moi sans regret. Les visites étaient maintenant finies et Caroline était de toute façon sous calmant en train de dormir. J'avais le sentiment d'être prise dans un tourbillon assez insensé, dans lequel je restais la seule à peu près saine d'esprit, ce qui était plus que présomptueux à y bien réfléchir. Au vu de mes pensées parasites incessantes, j'aurais tout aussi bien pu me faire hospitaliser ici….

Je me dirigeai vers la sortie et vérifiai mon portable. Pas de nouvelles de Sihème.

Je décidai de lui envoyer un SMS. Elle me répondit rapidement, me disant qu'elle était rentrée chez elle et qu'elle regrettait sa réaction. Comme d'habitude, elle voulait être parfaite.

Sans un regard vers le bâtiment qui se dressait maintenant derrière moi, je filai prendre mon bus en tentant de ne pas me faire trop mouiller, la pluie ne s'étant toujours pas arrêtée.

Dans le bus, un homme un peu hagard apostrophait les passagers, me mettant mal à l'aise. Il bavait légèrement et n'articulait pas correctement. Il vint vers moi, me tendant une coupelle contenant quelques pièces dans laquelle je rajoutai celles que j'avais dans le fond de ma poche. Il me gratifia d'un sourire sincère et continua à mendier. Je l'observais à la dérobée. Il semblait avoir un réel problème de santé. Peut-être était-ce un patient de l'hôpital qui faisait cela pour payer sa chambre individuelle ? J'espérais qu'on n'en était pas encore là dans notre pays, même si une petite voix m'affirmait que sans doute, justement, on en était déjà là…

– 19 –

En rentrant, mon père m'attendait devant la porte, sous la pluie. Les gouttes ruisselaient sur son visage, collant sa frange sombre sur son front. Son expression était assez indéfinissable et je plissai les yeux pour mieux la discerner. Il commençait à faire sombre et ma légère myopie m'empêchait de voir complètement distinctement le soir. Mais il n'avait pas l'air spécialement de bonne humeur et je me ratatinais un peu, m'attendant à l'orage.

— Rentre, me dit-il simplement, avec un signe de tête vers l'intérieur.

Je m'exécutai, tête basse. La discussion allait être tendue et je n'aimais pas ça.

Je m'assis à la table de la cuisine, caressant machinalement le revêtement mélaminé blanc du plateau. Mon père referma la porte et vint s'asseoir en face de moi.

— Où étais-tu ? commença-t-il avec une tension dans la voix.
— À l'hôpital.

En disant cela sans autre explication, je m'aperçus aussitôt de mon erreur. Mon père se figea et l'angoisse tira ses traits.

— Comment ça à l'hôpital ? Tu es malade ? Tu ne te sens pas bien ?

Il s'était approché de moi. Au moins, pensais-je en m'en voulant de le manipuler ainsi, cela avait fait tomber sa colère.

— Non-papa, ne t'en fais pas, je ne suis pas malade. Je suis allée voir Caroline avec Sihème. Ses parents l'ont prévenue qu'elle avait été retrouvée.

— Ça doit être un sacré soulagement pour eux, je ne sais pas ce que je ferais si tu disparaissais ainsi. Je comprends que tu ais voulu y aller le plus vite possible, mais il faut que tu m'appelles pour me prévenir quand tu ne rentres pas tout de suite. Quand je suis arrivé ici et que je ne t'ai pas trouvée, j'ai paniqué. J'ai vu que tu m'avais appelé sans laisser de message et en quelques minutes j'ai pensé aux pires scénarios possibles. Tu sais bien que je m'inquiète très vite pour toi.

— Je suis désolée papa, j'ai vu que ça ne répondait pas et je pensais de toute façon rentrer avant toi, mais il y a eu quelques imprévus.

— Des imprévus ? Qui t'empêchent de me laisser un message ?

— Non, j'ai juste été distraite et n'y ai plus pensé. Excuse-moi, dis-je l'air coupable en baissant la tête.

J'avais honte de mon égoïsme, je ne pensais qu'à mes soucis et ne je ne prenais jamais en compte l'inquiétude de mon père.

— Bon, dit-il en se massant les tempes. Comment va ton amie ? Tu as pu la voir, j'imagine, puisque tu es restée plus longtemps que prévu.

— Oui, elle ne va pas trop mal on va dire.

— Qu'est ce qu'il s'est passé, est-ce qu'elle t'a raconté ?

Je ne savais pas quoi lui dire, qu'une de mes meilleures amies était une droguée fugueuse ? Qu'elle avait été enceinte d'un gars dont elle ne se souvenait même pas ? Je décidais d'être évasive, autant pour préserver mon père que pour ne pas trahir Caroline.

— Non, enfin en partie, elle a des soucis et se sentait perdue. Elle a eu besoin de s'extraire quelques jours avec des copains.

Mon père me regardait en fronçant les sourcils, perplexe.

— Hum… Et pourquoi est-elle à l'hôpital ?

— Simple précaution. Elle était un peu en hypothermie.

Cet argument inventé de toute pièce sembla le convaincre.

— Tu lui diras de bien se rétablir de ma part ?
— C'est gentil, je lui dirai.
Je mis mon manteau sur le porte-manteau et commençai à rassembler mes affaires avant de monter dans ma chambre.
— Sarah ?
— Oui ? dis-je en me retournant dans l'escalier.
— Ça a été l'hôpital ?
Ses sourcils arqués et son expression douce, exprimant tout l'amour qu'il me portait, me firent me sentir encore plus mal à l'aise de ne pas lui avoir dit la vérité.
— Oui papa, ça s'est bien passé. J'ai réussi à entrer sans avoir l'impression de suffoquer comme un poisson hors de l'eau cette fois…
— C'est bien Sarah. Tu es courageuse. File préparer ton sac pour demain et viens manger un morceau. On se regarde un match de baseball, ça te dit ? Il y a les Alaska Goldpanners qui jouent ce soir !
— Contre qui ?
— Tu vas rire… Les San Fran Seals !
— Sans blague ? éclatai-je de rire. Et dire que j'allais rater ça ! Prépare le jus d'ananas, c'est une grande occasion !
Il sourit, soulagé comme moi que l'atmosphère se soit détendue.

– 20 –

J'avais mal à la gorge et la bouche sèche. La pluie froide de la veille avait transpercé mon petit manteau et j'avais sûrement attrapé un rhume.

Je me levais avec un léger mal de crâne et allai me préparer sans grande motivation. J'étais soulagée pour Caroline, même si elle allait traverser de grandes difficultés avec son sevrage. Elle était prise en charge et m'avait semblé avoir envie de s'en sortir. Restaient Ethan et ses mystères. Je ne pouvais m'empêcher de penser à lui et j'avais hâte de le revoir, en dépit de son attitude parfois froide et réservée.

La journée s'étira paresseusement, entre cours insipides et cafés flottesques lors des pauses. Un des profs nous avait annoncé que Caroline avait été retrouvée, en omettant le fait qu'elle était hospitalisée et droguée bien entendu. Certains nous avaient demandé des nouvelles plus précises, mais ni Sihème ni moi n'avions donné plus d'informations. Sihème s'en voulait toujours de sa réaction face à l'aveu de Caroline, mais ne lui pardonnait pas ce qu'elle considérait comme une faiblesse. Elle-même avait eu des soucis d'intégration lors de son arrivée ici et pour faire partie de certains groupes influents, il fallait à l'époque fumer. Elle avait toujours refusé et avait été l'objet de moqueries et de rejet, mais elle avait tenu bon. Elle en était fière et aurait voulu que Caroline ait la même réaction. Mais elle n'était pas très habile pour comprendre les autres et manquait parfois d'empathie. Caroline ne cherchait pas à être populaire, elle l'était déjà. Elle était belle et faisait partie du groupe de Pom Pom girls de l'équipe des Loups de Fairbanks. Elle n'était pas dupe et savait que toutes les invitations qu'elle recevait étaient surtout là pour qu'elle serve de faire-valoir. Elle n'avait en réalité que très peu de véritables amis. Sihème, moi, et apparemment, Marc en faisaient partie.

Sihème et moi marchions le long de la première allée. Quelques jolies maisons la bordaient, plus grosses que la moyenne de ce que j'avais déjà vu ici. Mais comme toujours, les baraquements et les usines n'étaient jamais loin et quelques centaines de mètres au-delà, on entrait déjà dans un autre monde. Des ouvriers sortaient d'un grand hangar bleuté surmonté d'une cheminée, tandis que la valse des pick-up commençait. Ce spectacle m'insupportait. J'avais besoin de voir autre chose.

— Qu'est-ce qu'il y a de sympa dans le coin ? Comme balade je veux dire ? demandai-je à Sihème.

— Tu n'es jamais sortie de la ville ?

— Non, j'avoue. En même temps, je n'ai pas de voiture tu sais, et mon père rentre souvent assez tard. Entre l'installation et les différents soucis du début d'année, je n'ai pas vraiment eu le loisir de me promener. Mais j'ai vraiment besoin d'air. Des idées ? On pourrait se faire une rando ?

Sihème continua à marcher, réfléchissant à voix haute.

— Alors, tu veux visiter un truc ? Non, c'est plutôt balade dans la nature, c'est ça ? Tu veux aller tout près ou un peu plus loin ?

— Je ne sais pas, qu'est-ce que tu as comme idée ?

— Il y a un truc génial que j'ai fait avec mes parents il y a deux ans, c'est prendre un coucou jusqu'à Kaktovik. Tu n'as pas peur des petits avions ?

— Heu, non, mais après ?

Kaktovik, rien que le nom, cela me semblait encore plus paumé et désespérant qu'ici.

— Et bien après, on est dans la réserve faunique de l'arctique ! Et en automne, on peut voir des ours polaires. Il faut en profiter, car je ne sais pas combien de temps ils vont continuer à exister à ce rythme-là...

— Des ours blancs ? Si près d'ici ? Il y en a dans les forêts autour ?

Je n'étais plus trop rassurée. En peluche, je les trouvais mignons, mais je connaissais leur réputation d'agressivité et leur force phénoménale.

— Non, bien sûr que non, rigola-t-elle. Je te sens inquiète. Autour d'ici, on a juste des loups et des grizzlis.

— Ah. C'est déjà pas mal...

— Oui, mais pour les croiser il faut vraiment le vouloir, surtout les loups. Par contre, on peut les entendre quand on se balade le soir, si on ne fait pas de bruit.

Je regardai Sihème les yeux écarquillés. Je ne l'imaginais pas en tenue de chasse en train de pister les loups, de nuit dans la forêt.

— Je sais ce que tu penses, mais si, je peux être aventurière parfois ! Bref, pour en revenir à l'expédition dont je te parlais, on était sur un bateau, donc pas trop de risques avec les ours. Et c'est vraiment le moyen le plus pratique pour les approcher sans trop les déranger.

— Tu en as vu ?

— Oui, trois. Ils étaient assez maigres.

— Ça me paraît quand même un peu compliqué, je pensais à une balade plus simple. Plus près d'ici.

— Il y a Angel Rocks Trail, ça, c'est plus près et très chouette. C'est super varié, bien balisé en plus. Pas de risques de se perdre.

— C'est pour voir un rocher ?

— Oui, mais la boucle permet de voir plein de paysages différents. On passe même sur un chemin sur pilotis dans la tourbière !

— Tu l'as déjà fait ?

— Oui, aussi avec mes parents, mais j'aimerais bien le refaire avec toi. On peut inviter d'autres personnes, ce serait sympa.

— Tu as quelqu'un en tête ? demandai-je.

— Pourquoi pas Ethan ? Ce serait une occasion de discuter un peu plus avec lui. Peut-être que coincé avec toi sur un chemin dans la nature, il serait plus civilisé, tu ne crois pas ?

— Je ne pense pas, et puis de toute façon il n'était pas là encore aujourd'hui. Il est peut-être encore à l'hôpital.

— D'après ce que tu m'as raconté, il ne devait pas être hospitalisé. Je suis sûre qu'il venait juste voir quelqu'un.

— Alors c'est quelqu'un de sa famille, vu qu'il y avait bien une personne avec son nom dans le service.

— Oui, concéda Sihème.

— Et Caroline, tu as des nouvelles ?

— Non, j'ai appelé ses parents ce matin, mais ils m'ont dit qu'elle était en isolement durant quelques jours.

— En isolement ? Comment ça ? Elle n'est pas en psychiatrie pourtant.

— D'après ce qu'ils m'ont dit, avec son sevrage, elle ne doit voir personne de sa famille ou de ses amis, car elle est agitée et a besoin de se recentrer avec un suivi en groupes de parole.

— Ah. Ce n'est vraiment pas drôle pour elle ni pour ses parents. À sa place, je me sentirais tellement perdue. Je ne sais pas vraiment comment réagir face à elle. J'ai peur d'être tout sauf naturelle. Je suis comme toi tu sais, je désapprouve complètement ce qu'elle a fait, mais il n'empêche que je comprends qu'elle ait cherché une solution radicale à son mal-être. Quand ma mère est morte, je ne voyais pas comment lui survivre. J'étais trop jeune, mais si j'avais eu notre âge, peut-être que moi aussi je me serais laissée happer par la drogue. Pour oublier.

— Je ne crois pas, me répondit Sihème avec un regard froid.

Elle s'était redressée, dans une attitude guindée et distante. Ces histoires heurtaient manifestement trop ses valeurs pour pouvoir avoir de la compassion ou un semblant de compréhension. Ce n'était pas mon cas. Peut-être n'avait-elle jamais suffisamment souffert pour envisager des échappatoires, ou peut-être avait-elle simplement une force que d'autres n'avaient pas, un soutien familial plus important, je ne savais pas ce qui pouvait faire la différence, ce qui pouvait faire basculer ou au contraire aider une personne en souffrance. Je n'avais pas su aider ma mère, je lui avais montré mon désespoir, mon chagrin, alors qu'elle me demandait de rester forte. Je ne le pouvais pas. Comment me raccrocher à la vie quand un de mes piliers s'écroulait devant moi, m'abandonnait ? Au-delà de la peine, il y avait cette colère, cette fureur presque, que l'on ressent quand une personne aimée se vide sous vos yeux de sa force vitale. J'avais envie de secouer son grand corps qui s'amaigrissait de jour en jour, de lui intimer l'ordre de s'ancrer, de rester avec moi. Même si je contenais tant bien que mal cette peur primale qui me rendait agressive, j'avais gardé des derniers moments avec ma mère du ressentiment envers elle. Elle m'avait laissée. C'était la première chose que j'avais pensé quand j'avais compris qu'elle ne me regarderait plus avec ses grands yeux verts pleins de douceur.

— Bon, Angel Rocks alors ? demandai-je en changeant délibérément de sujet.

— Ça te dit ? Chouette, on va bien s'amuser !

Elle s'était engouffrée avec bienveillance dans ma proposition de passer à autre chose.

— Tu crois vraiment que je peux inviter Ethan ?

— Oui, carrément, au moins tu verras s'il a envie de venir avec nous. Ce serait un bon signe que tu l'intéresses non ?
— Je suis sûre que je l'intéresse…
— Ah ? Tu m'as caché quelque chose ? demanda Sihème avec un regard amusé.
— Oui, à l'hôpital, quand je l'ai croisé, en partant, il m'a embrassée.
Sihème me regarda les sourcils levés, interrogatrice, m'incitant silencieusement à continuer.
— Il m'a pris la tête entre les mains et m'a embrassé sur le front, doucement, mais je sentais qu'il se faisait violence, c'était tout sauf apaisé. !
— Et qu'est-ce qu'il s'est passé ensuite ?
— Eh bien, ce qu'il se passe à chaque fois que j'avance un tant soit peu dans ma relation avec lui : il s'est sauvé.
— Sauvé ?
— Oui, il a fait demi-tour à toute allure et est parti en me laissant plantée là. Autant te dire que j'en suis restée pantoise…
— Tu as un de ces vocabulaires parfois ! On sent que tu es de la ville. Je précise que c'est plutôt un compliment.
— Heureusement que tu me le dis, personnellement j'ai encore l'impression d'être en décalage complet avec pas mal de gens d'ici…
— Ne t'en fais pas, c'est un peu dur au début, mais je t'assure que tu t'intègres très bien. Fairbanks n'est pas Frisco, c'est sûr. Tu ne t'ennuies pas ici ?
— Un peu, avouai-je. J'ai eu l'habitude de tout avoir à portée de main. Ce qui me manque le plus, c'est la panoplie d'évènements culturels auxquels j'avais accès.
— Ah oui ? Moi j'aurais plutôt regretté les magasins, rigola Sihème.

— Aussi, acquiesçai-je en souriant. Mais ça fait moins bien de dire ça !
— Alors ? insista Sihème. Tu tentes le coup de l'inviter ou non ?
— Tu ne lâches pas l'affaire toi. Il va trouver ça bizarre que je l'invite tout seul. Tu n'as personne d'autre en tête ?
— Si, j'ai deux copains à qui ça plairait peut-être.
— OK, dis-je sans vraiment réfléchir. Je l'appelle.

Nous nous arrêtâmes sur un banc, Sihème s'assit et je restais debout, marchant nerveusement en composant le numéro de téléphone.

— Allo ? répondit cette voix qui me donnait immédiatement des frissons.
— Ethan, c'est Sarah.

Il était le seul à m'appeler comme cela, et cela donnait à mon vrai nom une saveur toute particulière. Un moment de silence suivit ma présentation.

— Salut Sarah.

Il ne faisait manifestement aucun effort pour me mettre à l'aise et je continuais à marcher en me dandinant de stress sous le regard interrogateur de Sihème.

Il m'en voulait sûrement de l'avoir questionné la veille.

— Comment vas-tu ?

En posant la question, je me mordis la lèvre, j'étais encore dans l'interrogatoire, ce qu'il n'allait sûrement pas apprécier.

— Mieux, merci. Toi par contre tu as une voix étrange. Tu as pris froid ?
— Oui, un peu, mais ce n'est pas grand-chose, répondis-je, soulagée par son ton doux et légèrement inquiet.
— J'entends des voitures derrière toi, tu es où ?
— Juste à côté du parc Kiwanis, sur la seconde avenue.

De nouveau un silence. J'enchaînai.

— Je suis avec Sihème, on avait envie de faire une petite randonnée ce week-end. Est-ce que ça te dirait ?

Je retenais mon souffle. Il avait forcément compris le sens de mon invitation.

— Ça dépend, vous allez où ?

Je ne m'attendais pas à ça. J'avais espéré que sa venue ne dépendrait pas du lieu, mais plutôt de ma présence et c'est d'une voix un peu plus sèche que je lui répondis.

— Angel rocks. Tu connais ?

— Oui, j'y suis allé avec des potes il y a un an. Chouette balade.

— Ça ne t'intéresse pas du coup ?

— Si, pourquoi pas ? Qui sera là ?

Encore une fois, sa question m'agaça.

— Sihème, moi, et deux copains à elle que je ne connais pas.

— Est-ce que Johanna sera là aussi ?

J'en tombais des nues. Qu'est-ce que cela voulait dire ? La jalousie de Johanna n'était donc peut-être pas si mal placée que ça. J'avais été bien naïve de penser que son comportement n'avait rien à voir avec Ethan. Je n'avais même plus envie de lui parler et ma colère grandissait de seconde en seconde.

— Pourquoi ? Je ne sais pas si tu as remarqué, mais elle m'insulte ou m'agresse dès qu'elle me voit. Alors si tu as envie qu'elle vienne, vas-y tout seul avec elle, ce sera mieux.

— Je ne voulais pas te blesser Sarah.

Sihème s'était levée et se tenait à côté de moi, tentant d'entendre la conversation en approchant sa tête de mon téléphone.

— Désolé reprit-il, je ne pensais pas que ça te mettrait dans un tel état de proposer une autre personne, vu qu'on était déjà cinq.

— Oui, sauf que tu proposes la personne qui a failli me faire exclure du lycée.

— Quoi ?

Il avait réellement l'air surpris.
Je raccrochai, le plantant là comme il l'avait si bien fait avec moi la veille. Ce coup de téléphone était manifestement une mauvaise idée et je commençai à pleurer, à la fois de tristesse et d'incompréhension.

— Qu'est-ce qu'il s'est passé ? me demanda Sihème en me prenant la tête entre les mains, me lissant doucement les cheveux.

— Comme d'habitude, de toute façon dès qu'on se parle ou qu'on se voit, en l'espace de quelques minutes ça tourne au pugilat. Je n'en peux plus, je n'arrive pas à contrôler mes émotions quand je suis avec lui ou quand je lui parle. Je ne le comprends pas. À l'hôpital j'ai eu l'impression d'être importante pour lui malgré le fait qu'il s'en aille, et là quand je lui propose une sortie il me demande qui d'autre vient.

— Ah… ce n'est pas bon signe en effet.

— Et devine qui il a proposé ? Johanna ! continuai-je excédée.

— Oui, j'ai cru comprendre en t'écoutant, répondit Sihème désolée. Je ne comprends pas non plus je te l'avoue.

— Tu les as déjà vus ensemble ?

— Non, pas de la façon à laquelle tu penses, mais c'est vrai qu'ils traînent parfois ensemble le soir. Dans les mauvais plans, j'imagine, mais je ne sais pas vraiment.

— Et tu n'aurais pas pu me le dire plus tôt ?

— Te dire quoi ? Je te dis que je n'en suis pas sûre. Et puis ils sont plusieurs à sortir comme ça en soirée assez souvent. Caroline a aussi fait parti de certaines sorties assez arrosées avec Ethan.

— Oui, mais Caroline ne m'a pas menacée physiquement, ça change tout quand même, marmonnai-je furieuse.

— Désolée Sarah, mais je ne suis pas du genre à colporter des rumeurs sans fondement. Je ne pense vraiment pas que ces deux là fassent autre chose que sortir en groupe de temps en temps. Si ma réponse ne te convient pas, libre à toi, mais je ne la changerai pas pour te conforter dans tes délires.

Son ton était cassant, son regard noir. Il y avait chez elle une autorité naturelle et une assurance d'elle qui en imposaient. Sa colère était palpable, bien que rentrée, et je préférai faire profil bas. Elle avait qui plus est sûrement raison. J'avais été un peu trop loin. À ce rythme-là, j'allais me mettre à dos mes deux seules amies.

— Pardon, je ne voulais pas te mettre en doute.

— Je sais, se radoucit-elle. Et je sais aussi qu'il te rend complètement chèvre en ce moment. Je ne comprends pas vraiment ce que tu lui trouves, il joue avec toi si tu veux mon avis.

— C'est aussi la désagréable impression que j'ai…

— Et pourtant tu continues à aller vers lui. Franchement tu cherches les ennuis, tu ne crois pas ?

— Si, tu as raison. Mais…

— Mais quoi ? Il te rend plus malheureuse qu'autre chose, il n'est jamais clair dans ses intentions, qu'est-ce que tu attends pour couper les ponts ? s'emporta-t-elle tout à coup.

— Il y a quelque chose chez lui qui me pousse à essayer de l'aider, une faille, une fragilité que je ressens. Je me sens proche de lui. C'est comme si on était liés. Dès que je l'ai vu, je l'ai senti… et lui aussi. On se ressemble. Peut-être trop d'ailleurs. Du coup nos conversations tournent vite au désastre, car on s'emporte tous les deux très vite et nos émotions sont assez vives.

— OK, donc si je te suis bien, ce gars te ressemble dans sa manière non contrôlée de gérer ses émotions, donc tu veux sortir avec lui pour que vous soyez tous les deux complètement paumés dans vos ressentis ?

— Heu… oui, c'est à peu près ça, mais tu schématises un peu quand même, dis-je en essayant de ne pas la vexer.

Je sentais qu'elle en avait assez et qu'elle ne comprenait pas ce que je cherchais avec Ethan. À vrai dire je ne le savais pas non plus. Peut-être étais-je un peu masochiste après tout. C'est vrai que je ne me sentais jamais attirée par les garçons sans souci. Peut-être parce que j'étais pleine de fêlures aussi. Une théorie des psychologues que j'avais consultés était que je me punissais inconsciemment en n'allant que vers les gens pouvant m'attirer des ennuis. Le reste aurait été trop facile. En somme, je m'interdisais le bonheur. Mais cette analyse me semblait un tantinet fumeuse, comme tout ce que m'avaient raconté ces gens-là, d'ailleurs.

Nous étions arrivés devant la maison de Sihème et elle rentra chez elle, me laissant seule. Perdue dans mes pensées, je parcourus tête basse le chemin vers chez moi, ne croisant comme d'habitude que peu de monde dans le quartier.

− 21 −

Je venais de remonter après le repas, préparant mon sac pour le lendemain et me mettant en pyjama, quand je m'aperçus que mon ordinateur était toujours allumé. J'allai pour l'éteindre et regardai distraitement mes mails, quand l'un d'eux me fit un creux au niveau de l'estomac. Il était d'Ethan. Je me demandai comment il avait bien pu avoir mon adresse électronique, et hésitai à l'ouvrir. J'allais bientôt me coucher et la perspective de ne pas dormir après avoir lu un mail énigmatique d'Ethan ne me plaisait guère. Mais la curiosité, même malsaine, était la plus forte et je cliquai sur l'intitulé du message, somme toute assez sobre : « Pour tout à l'heure ».

« Sarah, je ne voulais pas te blesser tout à l'heure. Je ne le veux jamais d'ailleurs, bien au contraire, mais je n'arrive pas à communiquer avec toi de façon sereine. Je n'étais réellement pas au courant de ce qu'il s'est passé avec Johanna. Je la connais un peu, mais sans plus. J'ai appelé Marc qui a passé un peu plus de temps avec elle et qui m'a confirmé qu'elle avait le béguin pour moi. Je ne le savais pas et cela ne me fait ni chaud ni froid. Des filles comme elle j'en ai connu pas mal. Ta réaction ne m'étonne plus maintenant, mais il faut que tu comprennes que je ne cherche pas à te nuire ou à t'agacer. Je ne connais pas beaucoup de gens ici, je suis plutôt solitaire et comme tu m'as dit que Sihème invitait deux amis à elle, je me suis dit qu'avec une fille en plus, ce serait plus équilibré. La seule que je connais un peu à part Caroline et toi est Johanna. Pour tout te dire, je n'avais pas envie que les copains de Sihème t'accaparent. J'ai pensé que Johanna pourrait les occuper...

J'espère que tu liras ce mail avant de t'endormir, je ne voudrais pas que tu passes une mauvaise nuit.

Ethan. »

Je relisais son mail trois fois, souriant de plus en plus. Il avait bien cerné Johanna et savait maintenant qu'elle l'aimait un peu trop à mon goût.

J'appelais immédiatement Sihème pour le lui lire. Trop heureuse, j'avais envie de partager mon bonheur.

— Allo ?

— Oui, Sihème, c'est encore Sarah.

— Eh bien, tu tombes juste, j'allais éteindre. Il y a un souci ?

— Non, au contraire, Ethan m'a écrit un long mail pour m'expliquer son comportement.

— Ah ? Et j'imagine qu'il a réponse à tout et que tu excuses tous ses revirements ?

Son ton était narquois, mais je sentais qu'elle était tout de même contente pour moi.

— Carrément. Je te le lis.

Elle pouffa de rire en entendant le passage concernant Johanna.

— Remarque, il n'a pas tort, mais je doute que les membres du club d'échecs du lycée soient du goût de cette fille. Et vice et versa.

— Tu connais les gars du club KAPA ?

— Oui, je suis joueuse à mes heures. Et il y a une majorité de garçons dans ce club, d'où Adam et Steven comme proposition. Si j'avais été dans les majorettes, j'aurais eu plus de copines !

J'esquissai un sourire, imaginant avec peine Sihème dans un club de mordus d'échecs. Elle avait décidément des talents cachés.

— Alors, qu'est-ce que tu en penses ? C'est plutôt encourageant non ?

— Oui, mais n'oublie pas que tu as trouvé encourageants d'autres comportements chez lui pour finalement te retrouver dans une impasse la minute d'après. Donc si tu veux un conseil, arrêtes de te projeter avec ce gars et vis juste le moment présent. Si un jour il se décide à être stable, tant mieux, je te le souhaite. En attendant, n'exclus pas d'autres options…

— Heu, par option tu entends quoi exactement ? demandai-je, soudain soupçonneuse.

— Rien, mais gardes les yeux ouverts.

— Sérieusement ? Sihème ! Tu ne m'as pas arrangé un plan avec un de tes copains des échecs quand même ?

— Non, je ne leur ai rien dit sur toi, donc ce n'est pas un plan « arrangé » comme tu le dis. Mais pour être tout à fait honnête, oui, il y en a un qui pourrait te plaire, c'est vrai.

Je me sentais mal à l'aise. Ethan avait fait un trait d'humour en parlant des amis de Sihème, mais il n'avait finalement pas tout à fait tort. En même temps, elle n'avait fait qu'inviter des connaissances à elle dans une sortie de groupe. Rien de vraiment répréhensible. L'idée de rendre Ethan un peu jaloux ne me déplaisait à vrai dire pas vraiment. Si cela pouvait l'inciter à être plus franc dans l'expression de ses sentiments, cela m'arrangeait. Je n'arrivais toujours pas à cerner ce qu'il ressentait pour moi. Il n'avait pas envie que je sois triste ou que je me méprenne sur lui. J'en étais sûre maintenant. Mais il ne faisait rien pour que notre « relation », si je pouvais la qualifier ainsi, avance. Au contraire, au moindre pas en avant, il remettait une barrière. Et à chaque recul de ma part, il revenait vers moi pour m'amadouer. Sihème avait peut-être raison finalement. Il fallait que je vive en attendant. En attendant quoi d'ailleurs ? Je ne le savais même pas. Il m'attirait comme un aimant, mais une relation plus charnelle avec lui ne me venait pas à l'esprit. C'était plus une connexion spéciale que je ressentais entre nous. Peut-être même recherchais-je simplement une amitié forte avec lui ? Cette idée ne m'avait encore jamais effleurée et en y réfléchissant, je la trouvais assez séduisante. Je n'avais jamais eu de petit ami, mais j'étais souvent la bonne copine de certains garçons. Je savais dans mon for intérieur que c'était une façon pour moi de ne pas m'engager plus que cela, de n'avoir que des relations intellectuelles avec les garçons qui me plaisaient. Je les entendais parler de leurs copines et cela ne me donnait pas envie de leur ressembler. Ils n'auraient jamais parlé de moi comme cela. Ils avaient bien plus de respect pour moi en tant qu'amie et je n'étais donc pas prête à abandonner ce statut. Avec Ethan, c'était parti sur une autre voie dès le début. Plus sensuelle, plus mystérieuse, moins dans la communication. Qui plus est, il m'avait bien dit qu'il ne souhaitait pas s'engager dans une relation avec moi. Une relation amoureuse donc.

— C'est lequel ? demandai-je finalement.

— Je ne te dis pas, comme je t'ai expliqué, ce n'est pas un plan arrangé, donc je verrai juste si j'ai bien ciblé tes goûts ou pas ! gloussa-t-elle à l'autre bout du fil.

— Toi, tu es vraiment imprévisible. Tu as l'air toute sage comme ça, mais tu caches bien ton jeu, lui dis-je gentiment pour la charrier.

— Ça ne te gêne pas trop alors ?

— Non, je me demandais pourquoi tu avais invité deux de tes copains, surtout que je ne t'ai jamais vue avec eux depuis qu'on se connaît, mais maintenant c'est plus clair. Je sais que ça part d'une bonne intention, donc ça me va. Mais ne te fais pas trop d'idées, un, je suis difficile et deux, ce sera quand même un peu tendu, avec Ethan qui sera là également.

— Eh bien s'il tient à te garder pour lui, il faudra qu'il se bouge un peu, ça ne lui fera pas de mal d'avoir de la concurrence pour une fois.

Elle avait raison, mais je ne savais pas vraiment sur quoi cela pouvait déboucher.

— Je suis fatiguée, dis-je en bâillant. On se voit demain.

Je raccrochais et tentais vainement de trouver le sommeil. Plus la nuit avançait, plus je me disais que la stratégie de Sihème n'était pas la bonne. Je ne savais plus trop si j'avais envie que Ethan soit plus entreprenant finalement. Ce petit jeu exaspérant avait un côté excitant et romanesque qui me tenait en haleine. Tous les grands écrivains romantiques l'avaient compris. Une histoire d'amour n'était intéressante que dans la mesure où des obstacles la rendaient difficile, voire impossible. "Roméo et Juliette" en était l'illustration parfaite. Je ne tenais pas à finir comme Juliette et l'option amitié avec Ethan m'apparut au cours de cette nuit comme une alternative de plus en plus séduisante. Je finis enfin par sombrer, suivant une dernière fois mes pensées qui devenaient de plus en plus floues.

− 22 −

La journée avait été rude. Deux devoirs sur table avaient pompé toute mon énergie mentale, déjà amoindrie par le stress et la fatigue. J'avais aperçu Ethan entre deux couloirs, mais il ne suivait pas les mêmes options que moi et je n'avais pas eu le temps de lui parler. Il m'avait fait un signe de la main, sans émotion particulière, et j'avais du mal à me dire que c'était la même personne qui m'avait écrit le mail dans lequel il semblait si proche et attentionné. On était vendredi, et il fallait que je lui parle avant la randonnée. Je décidais donc de lui répondre par mail, le côté écrit me rassurant de toute façon. C'était plus facile de réfléchir tranquillement à ce que je pouvais lui dire, cachée derrière mon ordinateur, sans crainte qu'une de ses remarques ou expressions ne me désarme. J'étais par contre un peu triste de constater que la relation humaine, frontale, réelle finalement, était trop difficile entre nous. Mais j'avais espoir qu'une fois les bases d'une nouvelle relation amicale posées, ce serait plus naturel. Je commençais donc à écrire, changeant fréquemment des mots, soupesant mes mots pour qu'il n'y ait pas de méprise possible.

« Ethan, merci pour ton mail. Cela m'a rassurée de savoir que tu faisais attention à ce que je pensais (et à mon sommeil aussi !). Pour Johanna, je préfère que tu ne l'invites pas, mais tu as dû le comprendre, je pense. Tu peux bien sûr demander à une autre personne si tu veux. Plus on est de fous, tu connais la suite... J'ai pas mal réfléchi ces derniers temps concernant notre communication, qui est c'est vrai un peu compliquée. J'aimerais

être ton amie et partager des choses avec toi, car je sens que nous avons des points communs, dans notre façon de voir le monde, dans notre vécu peut-être. Je sais que tu penses ne pas être quelqu'un de bien et qu'il vaut mieux que l'on ne soit pas proches, mais l'amitié fait rarement du mal. Qu'en penses-tu ?
Sarah. »

Je relus mon mail deux fois et cliqua sur le bouton envoyer en prenant une grande inspiration. C'était parti. Maintenant, il fallait attendre. Je filai me coucher, un peu angoissée, mais sûre de ma proposition.

Vers deux heures, me levant pour boire, je ne résistais pas à jeter un coup d'œil à mon mail, mais rien n'était arrivé.

Le lendemain matin, mon premier réflexe fut de consulter ma messagerie. Il avait répondu. J'ouvris son mail avec anxiété, me massant les mains pour me décontracter tant bien que mal.

« Sarah, je n'inviterai personne d'autre. Je n'ai pas beaucoup d'amis ni même de connaissances qui aiment la rando. Concernant ta proposition, je ne sais pas comment répondre sans te vexer. Je ne pense pas ne pas être quelqu'un de bien, juste qu'il vaut mieux ne pas trop s'attacher à moi. Quant à l'amitié, nous ne sommes pas amis et nous ne le serons jamais. Je me suis demandé ces derniers temps quelle relation nous avions, comment la définir. Ce qui est sûr, c'est que ce n'est pas de l'amitié. Je ne crois pas à l'amitié homme-femme qui plus est.
Ethan »

Je n'en revenais pas, je ne comprenais pas la teneur de son mail. Il me disait qu'il n'était pas possible que nous soyons amis, mais que nous n'étions rien d'autre non plus. En bref, je ne représentais rien de plus pour lui qu'une vague connaissance. Les larmes me montèrent aux yeux, tant en raison de la colère que de la tristesse. Il s'était bien fichu de moi en me donnant l'impression que je comptais pour lui, qu'on avait un lien particulier. J'étais vraiment naïve, Sihème avait raison. Il fallait que je passe à autre chose. En attendant, j'allais devoir faire une randonnée avec lui et j'étais bien décidée à lui faire payer ce mail.

– 23 –

Le dimanche matin, je me réveillais relativement en forme. Le ciel était nuageux, mais la météo indiquait du soleil pour l'après-midi. Pour le moment, des traînées rougeâtres dues au vent illuminaient le ciel et donnaient aux stratus des reflets chaleureux. C'était une belle journée pour partir en randonnée malgré la température de quelques degrés seulement et le site d'Angel Rocks m'intriguait. J'avais regardé quelques photos qui m'avaient mis l'eau à la bouche. Je me préparais, enfilais un pantalon en toile avec des poches et y glissais mon couteau suisse. J'avais appris, lors de mes sorties avec les cheftaines, que cet ustensile était toujours d'une grande utilité. J'avais la version étendue et je m'amusais parfois à sortir l'ensemble des outils, ce qui n'était pas si simple. Pour le haut, un polo et un gros sweat molletonné gris à capuche complétaient l'ensemble. Je descendis ensuite me préparer des sandwichs.

Un message de Sihème me demandait si j'étais bientôt prête. Elle passerait me chercher dans une demi-heure avec Steven et Adam.

Attendant sur le palier de la maison, je m'assis en me demandant si Ethan allait venir quand même. Je n'avais plus vraiment envie de le voir et me sentais mal à l'aise. Aucune relation n'était possible entre nous selon lui, alors à quoi bon ne serait-ce que discuter ensemble ? Un coup de klaxon me fit sursauter, interrompant le fil de mes pensées. Une voiture jaune poussin s'arrêta devant la maison. Sihème en sortit ainsi qu'un grand blond aux yeux gris verts, souriant, qui me sembla tout de suite sympathique.

— Je te présente Steven, dit Sihème en s'écartant. Steven, Sarah.

— Et moi c'est Adam, lança une voix grave au volant de la voiture.

Il était plus petit, blond également, mais ses yeux étaient marrons et ses cheveux plus dorés.

— Bonjour, dis-je en souriant timidement à Steven, me demandant immédiatement si c'était lui qui était censé me plaire.

Sihème avait dû lire dans mes pensées, car elle me souriait en coin, l'air mystérieux, les yeux légèrement plissés et le nez froncé comme elle savait si bien le faire. Cela me fit éclater de rire, ce qui surprit Steven.

— J'ai loupé quelque chose ?

— Non, pas du tout, c'est entre elle et moi, une blague qu'elle m'a racontée.

— OK, ça promet pour la suite, dit-il en souriant, d'un sourire franc et généreux.

Il avait l'air simple d'abord, honnête et communicatif. Tout le contraire d'Ethan.

Je montai derrière avec Steven, Sihème passant devant pour guider.

— Est-ce que tu as eu des nouvelles d'Ethan, il vient finalement ?

— Oui, je pense, dis-je à contrecœur.

En arrivant devant la maison d'Ethan, j'eus un pincement au cœur. J'espérais secrètement qu'il ne serait pas là, qu'il aurait oublié l'heure ou qu'il ne souhaiterait plus venir. Mais mes espoirs furent vite déçus quand je l'aperçus derrière la vitre, tirant le rideau pour mieux nous voir. Quelques secondes après, il sortit et se dirigea vers nous. À sa vue, toute ma détermination se dégonfla d'un coup. Il avait les cheveux plaqués, avec juste une

mèche qui lui tombait entre les yeux, mettant en valeur ses yeux. Il me jeta un regard sans expression et ouvrit la portière, observant alternativement Adam et Steven, les jaugeant presque.
— Je monte où ?
— À l'arrière, dit Sihème. Tassez-vous un peu, ça devrait rentrer. Tu peux mettre ton sac dans le coffre.
Il s'exécuta et s'assit sur la banquette arrière, à côté de moi. J'étais coincée entre Steven et Ethan, aussi mal à l'aise que dans un bus bondé. Ethan était raide et regardait fixement devant lui, tandis que Steven me faisait la conversation de façon décontractée et naturelle. Il me détaillait par le menu sa dernière sortie en forêt, ce qui m'intéressait moyennement, mais m'évitait de rester dans un silence gênant.

Après une heure de route, nous arrivâmes au parking du trail d'Angel Rocks. Un panneau nous indiquait de mettre cinq dollars dans une enveloppe et de la laisser dans une boîte prévue à cet effet. Nous sortîmes de la voiture et Adam ouvrit le coffre. La boucle était d'environ deux heures pour un bon marcheur, mais il y avait du dénivelé et des passages plus difficiles et Steven estima à facilement trois heures le temps de marche. Le soleil était toujours au rendez-vous et toute la petite troupe se mit en route d'un bon pas, savourant les bruits de la nature environnante. J'étais pour ma part un peu impressionnée par la solitude de l'endroit et ne me sentais pas vraiment dans mon élément. J'aimais la nature, mais plutôt sous la forme de parcs bien délimités et surtout sécurisés. Je ne pouvais m'empêcher d'imaginer, à chaque virage du chemin, un ours noir surgir devant nous.
Rapidement, nous longeâmes la rivière, qui ressemblait par endroits à un torrent. Des bouleaux la bordaient et de petits rochers parsemaient notre chemin. Cette première partie de la boucle était facile et nous permettait de discuter. Ethan restait en

arrière du groupe, Adam était devant. J'étais rassurée de ne pas être la dernière de la file.

— Sihème m'a dit que tu étais de San Francisco ? me demanda Steven qui était venu se mettre à côté de moi.

— Oui, je suis arrivée cette année à Fairbanks. Pourquoi, tu connais Frisco ?

— Un peu, mes grands-parents habitent Napa.

— Ah oui ? Tu y as souvent été ?

— Quand j'étais petit, j'y passais tous mes étés. J'y ai de super souvenirs.

— Et pourquoi te retrouves-tu ici à Fairbanks ? demandai-je.

Il rigola, me prenant amicalement par l'épaule.

— Tu veux dire pourquoi je suis tombé dans un trou paumé comme Fairbanks plutôt ? Dur d'arriver ici, hein ?

Son regard était bienveillant et compréhensif. Il était agréable et je le trouvais plutôt beau. Je comprenais maintenant pourquoi Sihème avait eu l'impression qu'il pourrait me plaire. Il m'avait lâché, mais je jetais un coup d'œil en arrière vers Ethan, inquiète de sa réaction. Il regardait simplement les arbres et la rivière, imperturbable. Ce garçon était une énigme pour moi.

Je fronçai les sourcils de dépit, j'avais espéré que cela le ferait réagir un tant soit peu, mais rien. Absolument rien. Je m'enhardis alors, passant ma main sur le dos de Steven, dans une vague et maladroite caresse qui sembla le surprendre.

— Ça fait plaisir de rencontrer un compatriote qui a connu l'exil comme moi. Mais tu ne m'as pas répondu, pourquoi es-tu venu ici ? le questionnai-je.

— Mon père étudie le lichen boréal.

Je le regardai, ne sachant pas s'il blaguait.

— À ta tête, je suppose que tu te demandes si je dis la vérité. Mais oui, c'est bien ça, dit-il en riant. Il a obtenu un poste de chercheur à l'Université d'Alaska. Il ne pouvait pas refuser ça.

— Donc tu es là à cause... des lichens.
— Ben oui, et toi ?
— Mon père a perdu son emploi. Enfin sa boîte l'a délocalisé ici plutôt.
— Pas de chance hein ? Mais tu verras, on s'y fait bien. Et puis ici on est au grand air, on n'est plus des poulets de batterie maintenant. Encore un mois et tu auras les pommettes aussi roses qu'une poupée russe, dit-il en me pinçant délicatement les deux joues.

Son contact m'était agréable, mais je me sentais embarrassée vis-à-vis d'Ethan. Pourtant, l'espace d'un instant, je l'avais presque oublié. Il faut dire qu'il ne pipait mot, avançant tranquillement derrière nous. Cependant, cette fois, un rapide coup d'œil m'informa qu'il me regardait avec une intensité non dissimulée. Il se reprit tout de suite et retrouva son air nonchalant. Mais j'avais pu voir qu'il était troublé.

Je décidai de ne pas faire le premier pas pour engager la conversation. Après tout il m'avait plus que découragée d'avoir une relation avec lui, quelle qu'elle soit.

Steven était reparti en avant et blaguait avec Sihème. Ethan ne fit cependant aucun effort pour me rejoindre et continua de marcher à son rythme. Je baissai les épaules, un peu découragée. Il n'aurait pas dû venir si c'était pour rester dans son coin comme ça. Je lui en voulais de gâcher ainsi l'ambiance, mais j'étais clairement la seule que son attitude dérangeait.

Nous continuâmes à marcher d'un bon pas jusqu'à l'endroit où la rivière s'élargissait. Une plage de cailloux blancs s'étendait devant nous, bordée de sapins et des sempiternels bouleaux. Le ciel se couvrait et un petit vent frais faisait voler quelques mèches autour de mes tempes.

— On s'arrête là ? demanda Adam.

— Oui, je commence à avoir faim, ça creuse la marche ! répondis-je gaiement.

La perspective de m'arrêter un peu me rendit le sourire.

— On se met où ? demanda Sihème.

— Sur la plage, non ? Je n'ai pas envie de m'asseoir sous les arbres, répondis-je.

— Pourquoi ? C'est sympa pourtant ? dit Sihème.

— Oui, mais il y a des tiques sur le sol en forêt et je n'ai pas envie d'attraper la maladie de Lyme.

— Elle a raison, acquiesça Ethan.

Surprise d'entendre sa voix, je me retournai. Toujours ce regard distant, mais intense, qui me transperçait presque.

— Bon, OK, alors on se met sur la plage ? demandai-je.

— Oui, allez, on s'installe, dit Sihème en joignant le geste à la parole.

Elle posa son sac sur la plage près de la rivière qui s'écoulait avec force. Il avait pas mal plu ces temps-ci et l'eau était chargée de sédiments.

Je m'assis directement sur les galets presque gelés et me tortillai pour trouver une position confortable.

— Tiens, ce sera mieux avec ça, me dit Ethan en me tendant son pull.

— Tu ne vas pas avoir froid ? Il y a pas mal de vent quand même.

— Non, je me suis réchauffé en marchant, et j'ai l'habitude. Ça endurcit.

Il était déjà reparti à quelques mètres de moi, s'asseyant en tailleur et regardant l'eau pensivement. Son geste était protecteur et me fit chaud au cœur. Malgré ce qu'il m'avait écrit, il semblait toujours vouloir mon bien-être. Le voir ainsi solitaire me rendit soudain triste et je me levai pour m'approcher de lui.

— Comment trouves-tu la balade ?

— Je la connaissais, mais j'aime toujours autant.
— Tu n'as pas l'air de t'éclater pourtant…

Il releva la tête et me regarda.

— Pourquoi m'as-tu invité ?

Sa question brutale, sans fioriture, me prit au dépourvu. Je ne savais pas quoi lui répondre. Je l'avais invité avant notre échange de mails, avant que je sache qu'il n'y avait strictement rien de possible entre nous.

— Je t'aime bien, j'avais envie de mieux te connaître.
— Ce n'est pas par pitié ?

Ça y est, ça recommençait. Je sentais que notre conversation allait de nouveau s'envenimer. Il était sur la défensive.

— Écoute, j'en ai marre, je ne veux pas me fâcher avec toi de nouveau. Tu es dans la paranoïa !

Je le plantai là, rejoignant Sihème, Adam et Steven qui étaient assis plus près de la rivière.

— Il ne vient pas ton copain ? demanda Adam.
— Non, il est assez solitaire.

Pour me faire mentir, Ethan vint s'asseoir à côté de Sihème, lui souriant comme si de rien n'était, ce qui acheva de me mettre en colère. Il se fichait vraiment de moi.

En réaction, je me rapprochais de Steven, qui en parut ravi.

Après le repas, nous repartîmes pour la deuxième partie du chemin, qui s'avéra vite plus sportive. Nous avions arrêté de suivre la rivière et le sentier montait maintenant rapidement dans les petites montagnes. Le long, on apercevait de drôles de formations granitiques, souvent percées comme du gruyère.

— Regarde, me dit Steven en me prenant par les épaules pour me tourner dans la bonne direction.

Je plissai les yeux, tentant d'apercevoir ce qu'il me montrait.

— Où ça ?
— Là ! Dans le ciel.

Je levai la tête, apercevant avec ravissement un splendide rapace.

— Qu'est-ce que c'est ?

— Un aigle. C'est rare de les voir d'aussi près, il n'y en a pas beaucoup et souvent ils volent haut.

— Les lichens et les oiseaux alors ? C'est de famille la nature apparemment.

— Oui, tout petit, mon père m'emmenait en balade pour voir la faune et la flore. J'adorais ça et ça m'est resté. Ça me permet de me ressourcer. Surtout ici, la nature est sauvage, très différente de ce que je connaissais avant d'arriver. J'aime beaucoup l'atmosphère du Grand Nord, pas toi ? On sent parfois l'hostilité des éléments et j'aime ça. Cela impose le respect. Les gens pensent parfois que la forêt est un terrain de jeu. Ici ce n'est pas le cas. Il faut rester attentif au temps, aux animaux.

Je l'écoutais, fascinée. Il me ressemblait en effet et était très séduisant. Ethan nous regardait d'un air maussade. Il ne faisait plus semblant de ne pas être affecté par la proximité que j'affichais avec Steven et cela me plaisait de le rendre ainsi jaloux.

Au bout de trois quarts d'heure de montée, nous arrivâmes enfin au sommet. La vue était magnifique. Une dense forêt de sapins s'étendait à nos pieds, recouvrant à perte de vue de hautes collines. Au fond, on distinguait la plage où l'on avait mangé. Le temps s'était franchement couvert et de gros nuages sombres circulaient rapidement au-dessus de nos têtes. Une bourrasque chargée d'humidité me fit frissonner, autant de froid que de stress. Le paysage devenait vite inhospitalier quand le temps tournait à l'orage. J'avais une peur viscérale de la foudre et je me sentis tout à coup oppressée. Ma respiration s'accéléra et je commençai à transpirer et à voir un peu trouble. Je n'avais pas eu de crise de panique depuis un bout de temps. Elles m'étaient tombées dessus après la mort de ma mère et j'avais suivi une thérapie cognitive et comportementale pour m'en débarrasser. En l'espace de quelques secondes, la peur monta, me vrillant les entrailles. Mon cœur accéléra d'un coup et je ressentis très fortement ses battements dans ma poitrine. Ma respiration était saccadée et j'avais l'impression de manquer d'air. Je me retournai d'un coup et marchai vers l'arrière du groupe afin que les autres ne perçoivent pas mon embarras. J'avais appris qu'il ne fallait pas demander de l'aide, mais plutôt gérer par moi-même.

Les mains posées sur un arbre, penchée en avant, je tentais de reprendre mon souffle quand je sentis une main sur mon bras. Sihème me regardait avec inquiétude.

— Ça va Sarah ?

— Moyen

— Elle ne se sent pas bien, cria-t-elle aux garçons qui avaient continué d'admirer le paysage.

Ils arrivèrent tous les trois vers moi, m'encerclant et accroissant mon malaise, faisant s'accélérer d'autant plus mon hyperventilation.

— Assieds-toi, dit Steven en me prenant par la main. Voilà, respire bien fort, ça va passer.

— Arrête de lui dire n'importe quoi ! s'exclama Ethan en le poussant sans ménagement. Si elle respire plus fort ça va juste empirer ses symptômes.

Ethan me prit par les épaules et me releva. Je le regardai, les larmes aux yeux, paniquée par l'idée que personne ne pourrait me secourir dans ce coin perdu si mon cœur ne ralentissait pas. J'avais perdu toute capacité de raisonnement censé.

— Regarde-moi, me dit-il avec fermeté. Tu vas respirer comme moi. Fais exactement comme moi.

Je le regardai pleine d'espoir.

— Inspire. Maintenant, retiens ton souffle. 1. 2. 3. 4. Expire. Plus doucement ! Expire en même temps que moi, huit secondes, pas moins.

Je recommençai deux fois et je me sentis un peu mieux.

— Merci, vraiment, soufflai-je en le regardant.

— De rien. J'ai eu ça aussi, je sais que c'est assez terrible à vivre.

— Ça va, tu es sûre ? Je peux appeler des secours sinon, me dit Steven.

— Elle va bien, répondit Ethan sèchement.

— Ce n'est pas à toi que je l'ai demandé, tu peux peut-être la laisser répondre, non ?

Ils se regardaient tous les deux en chiens de faïence, leur rivalité n'était pas feinte et j'en étais clairement la cause.

— Il a raison, je me sens mieux, merci, Steven.

Il me regarda toujours un peu inquiet.

— Tu me le dis si ça te reprend ?

— C'est sûr que tu as été d'une très grande utilité tout à l'heure…, intervint Ethan.

Je regardai Ethan avec étonnement. Je ne le connaissais pas sous ce jour. C'était la première fois que je le voyais avoir un accès de jalousie aussi net. Cela voulait clairement dire qu'il avait des sentiments pour moi, ce que je pensais depuis le début. Alors pourquoi se faisait-il violence ainsi ? Pourquoi ne laissait-il pas libre cours à ses émotions ?

Steven laissa filer et repartit simplement admirer le paysage. Sa réaction me plut, il faisait preuve de sang froid et de classe. Ethan était au contraire resté à le regarder partir, le visage fermé et les mains crispées sur ses poches.

Sihème rejoignit rapidement Steven en m'ayant d'abord interrogée du regard et Adam la suivit, me laissant seule avec Ethan.

— Ça va mieux Sarah ?

— Oui, mais je suis fatiguée. Ça va être un peu difficile pour marcher.

— Ça devrait aller, on est au point le plus haut. Le plus dur est fait. Est-ce que tu as le vertige ? C'est le fait de regarder le paysage qui t'a fait peur ?

— Pour une fois, ce n'est pas moi qui pose des questions indiscrètes, lui dis-je timidement.

— Désolé, c'est vrai que je te demande de ne pas le faire et je te questionne aussi, dit-il un peu contrit.

— Non, ne t'excuse pas, au contraire. Je me suis sentie isolée ici, en danger. Je suis une fille de la ville, je n'ai pas l'habitude de me promener dans les forêts du Grand Nord !

— C'est quand même un chemin ultra aménagé et fréquenté ici, ce n'est pas inhospitalier comme certains coins de l'Alaska. Fairbanks n'est pas le trou paumé que tu crois, tu sais.

— Oui, je sais, j'ai vu qu'il y avait une belle activité culturelle et sportive. Mais ce qui me fait peur ici, c'est le froid, l'hiver qui arrive. Par moins quarante, qu'est-ce que je vais faire ? Les larmes gèlent non ? Le nez aussi sûrement.

— Tu sais, dit-il en riant, on s'adapte, ne crois pas que plus personne ne sort d'octobre à mai !

— Certes, mais ça m'oppresse quand même, il va falloir que je m'y habitue.

— Pourquoi ton père n'a-t-il pas cherché du boulot à San Francisco au fait ? Il y a de l'emploi par là pourtant.

— Il voulait rester dans sa boîte pour garder son ancienneté. Et puis à Frisco, les loyers sont devenus complètement exorbitants avec la Silicon Valley qui se développe à toute allure. Les ingénieurs de Palo Alto à San José font jusqu'à deux heures de bouchons pour rester habiter à San Francisco. Ils ont pas mal d'argent et l'immobilier a suivi le mouvement. Les écoles étaient également très chères. Mon père ne voulait pas me mettre à l'école publique là-bas en raison des soucis de violence. Ici, le loyer est faible et on peut avoir une petite maison avec un jardin, tout près du boulot de mon père et du lycée. Je crois qu'il voulait aussi couper les ponts avec cette ville, car elle lui rappelait trop ma mère...

Il ne répondit rien, hochant la tête avec pudeur à cette évocation.

— C'est depuis la mort de ta mère que tu fais des attaques de panique ?

— Oui, avouais-je sans le regarder. Mais c'était passé. Je n'en ai plus vraiment peur en temps normal, mais je me suis sentie trop isolée ici, loin de tous mes repères.

— Ça finira par passer complètement, quand tu ne craindras plus ces sensations, elles ne seront plus anxiogènes et la machine ne s'emballera plus.

— Tu connais vraiment bien le sujet. Tu en fais encore ?

Je me mordis les lèvres, attendant sa réponse avec anxiété. Allais-je de nouveau me faire rejeter ou accepterait-il enfin de me parler ?

— Non, cela fait longtemps que j'ai résolu ça. Mais je me souviens bien de l'état dans lequel cela me mettait. On ne peut pas l'oublier et je ne le souhaite à personne, même à mon pire ennemi.

— J'espère que je ne le suis pas !

— Non.

— Et qu'est-ce que je suis si je ne suis ni amie ni ennemie ?

J'avais peut-être été un peu trop loin et je le regardai avec une pointe d'anxiété. J'espérais vraiment qu'il ne me laisserait pas en plan comme à son habitude. Rien que d'y penser les larmes me montaient aux yeux. Pour une fois que l'on discutait calmement et réellement. Il me regarda en silence, semblant peser le pour et le contre, réfléchissant sûrement à ce qu'il allait me dire. Il semblait dans l'embarras et je sentais chez lui une irrépressible envie de fuir.

— Je ne sais pas, avoua-t-il simplement en baissant les yeux.

Sa réponse était une fuite, pas physique, certes, mais un échappement quand même. Je cherchai son regard, attendant qu'il se reprenne. Il continua.

— Tu es quelqu'un que j'apprécie.

— C'est déjà bien de le savoir, merci, dis-je, un peu dépitée. Et quel est ton souci avec l'amitié homme-femme ?

— Je n'y crois pas, voilà tout. L'amitié, c'est être très proche de quelqu'un pour moi. J'ai très peu d'amis. Quand on est aussi proche d'une personne de l'autre sexe, inévitablement, une attirance physique est présente.

— Et tu ne crois pas que c'est plutôt bien de partager sa vie avec quelqu'un dont on est proche physiquement et intellectuellement ? Si je comprends bien, tes petites amies sont juste des filles qui t'attirent par leur corps, tes amis sont tous des garçons et tout le reste rentre dans la catégorie connaissance ?

— Tu as un peu résumé, mais c'est à peu près ça.

— Tu as peur d'aimer, c'est ça ?

— Non, ce n'est pas ça du tout, aimer ne se contrôle pas de toute façon. On peut aimer quelqu'un sans que l'autre ne le sache, c'est très intime et personnel.

— Alors quoi ?

— Je te l'ai dit, il vaut mieux ne pas s'attacher à moi.

— Mais bon sang cela ne veut rien dire ! Qu'as-tu de si terrible en toi ? Tu es un fou dangereux ? Tu es instable ? Tu te drogues tous les soirs ? Tu bois ?

— Arrête !

Son regard était noir et il tremblait. Furieuse d'en arriver là encore une fois, je partis cette fois en premier, la tête haute, sans un mot et allai rejoindre le reste du groupe qui venait juste de recommencer à marcher.

— Ce n'est pas au beau fixe tous les deux, n'est-ce pas ? demanda Steven.

— Non, ce n'est pas ce que tu crois. Enfin je veux dire, on n'est pas ensemble.

— Ah ? Je me posais la question, il faisait une telle tête quand je suis venu à côté de toi que j'ai cru avoir commis un impair. Ce n'est donc pas ton petit ami ?

— Non, pas du tout. Même pas un ami d'ailleurs, répondis-je maussade.

— Pourtant, vous avez l'air proches, mais en même temps très conflictuels. On dirait ma sœur et moi par moment !

— De mieux en mieux ! Non plus…Je n'ai aucun lien de parenté et heureusement ! Je ne veux pas le supporter ad vitam aeternam.

— OK, heu, on va changer de sujet alors. Ça va mieux que tout à l'heure ? Qu'est-ce que tu as eu ?

— Je préfère changer de sujet aussi là-dessus si ça ne t'ennuie pas.

Stoïque, Steven me parla de tout et de rien, de la nature, du temps qui passe, de sa famille. Il était intarissable et même si cela avait un côté sympathique, cela commençait à me fatiguer, autant que le silence d'Ethan.

La randonnée se termina au moment où une fine pluie glacée commençait à tomber et tout le monde fut assez soulagé de ne pas avoir pris l'eau. Cette contrée était décidément bien différente de ce que je connaissais au niveau du climat et il fallait bien choisir ses vêtements avant de partir, les prévisions météo ne semblant pas plus fiables qu'ailleurs.

– 24 –

Dix jours étaient passés et les cours m'avaient paru plus longuets que d'habitude. Je n'avais pas revu Steven ni Adam, mais cela ne me disait trop rien. Steven avait réussi à me lasser en quelques heures malgré ses qualités. J'étais en colère contre moi-même, car Ethan occupait toujours mes pensées. Était-ce le fait qu'il était lointain et insaisissable qui m'attirait ? Comme une sorte de défi ? Ou bien décelais-je réellement chez lui quelque chose que je n'avais jamais trouvé ailleurs ? De toute façon, il était absent depuis la randonnée et personne n'avait de ses nouvelles. Caroline était par contre revenue au lycée deux jours auparavant et c'était un vrai plaisir que de l'avoir parmi nous. Son sens de l'humour était intact, mais elle prenait toujours des médicaments pour compenser le manque de drogue et elle semblait parfois ailleurs. Sihème avait assez mal pris le fait que je ne trouve pas Steven à mon goût, pour finalement admettre qu'elle en pinçait un peu pour lui. On en avait pas mal ri et elle était décidée à l'inviter au cinéma la semaine prochaine.

Une fin d'après-midi, lors du cours d'histoire, le professeur nous annonça que Ethan ne viendrait plus en cours. Inquiète, je demandai pourquoi, sans succès. À la sortie de la classe, j'allais vers Marc pour lui poser des questions, mais je n'eus pas plus de réponses.
— Tu ne le sais pas ? Tu es son cousin, tu dois bien être au courant.
— Oui, je suis au courant, mais il m'a dit de ne rien dire, et à toi en particulier, me répondit-il.

Je levais les sourcils à la fois étonnée et vexée. Il devait me détester maintenant et voulait sûrement que je sorte complètement de sa vie. C'était du moins mon interprétation.
— Il a des problèmes ?
— Je ne te dirai rien, désolé, j'ai promis.

Il partit, me laissant seule avec mes interrogations. Sihème avait filé avec Caroline, car elles avaient un cours de yoga. Je pris donc le chemin de la maison d'un bon pas, espérant que cela m'éviterait de me transformer en glaçon. Tout en marchant, un sentiment envahissant grandissait en moi. Je n'arrivais pas vraiment à le définir, mais je me sentais très mal. Depuis dix jours, j'avais souvent repensé à notre dernière conversation et je ne pouvais oublier une phrase en particulier.

« On peut aimer quelqu'un sans que l'autre ne le sache. »

Avait-il essayé de me dire quelque chose, ou bien était-ce juste une phrase parmi d'autres ? Je m'étais fait une raison, nous ne serions jamais rien l'un pour l'autre, simplement car il ne le voulait pas, et j'avais accepté cet état de fait. Du moins je le croyais. Mais le fait d'apprendre qu'il quittait le lycée me plongeait dans un profond désarroi. Trop de questions se bousculaient dans ma tête. Il me fallait des réponses. Je ne pouvais pas le laisser partir sans lui dire au moins au revoir. L'angoisse était maintenant là, pesante, impérieuse, me poussant à marcher de plus en plus vite, puis à bifurquer et enfin à courir vers la maison d'Ethan. Je ne pouvais pas m'en empêcher. Je savais que c'était sans doute trop tard, qu'il était sûrement parti, mais je ne me contrôlais plus. L'urgence, voilà ce que je ressentais sans avoir su la nommer quelques instants plus tôt. L'urgence de le voir une dernière fois, l'urgence de savoir, de comprendre peut-être. L'urgence de lui dire ce que je ressentais pour lui. Il m'avait plusieurs fois montré qu'il tenait à moi, mais j'avais fait semblant de ne rien comprendre. Il semblait avoir peur qu'on s'attache à lui. De mon côté j'avais peur d'aimer, par peur de perdre. Nous avions tous les deux des cicatrices, mais je ne connaissais pas toutes les siennes.

Essoufflée, j'arrivais enfin devant son porche et vis avec soulagement que sa voiture était encore là. Je me penchai en avant, les mains sur les genoux, pour reprendre mon souffle. Je devais être écarlate, car malgré le froid, mes joues brûlaient et mon sang battait dans mes tempes. Après quelques minutes pour reprendre une apparence plus posée, je frappai à la porte.

— Bonjour Mademoiselle. On ne se connaît pas, il me semble.

Une femme d'environ quarante-cinq ans venait d'ouvrir la porte. Brune, les cheveux coupés courts et les yeux en amande, elle ressemblait tellement à Ethan que je ne pouvais pas me tromper.

— Vous êtes la maman d'Ethan ? Je suis Sarah, je ne sais pas s'il vous a parlé de moi.

— Non, dit-elle soupçonneuse

— Vous aimez les muffins ? Venez, il y en a partout, continua-t-elle en changeant de ton d'un coup.

Je ne savais pas vraiment quoi répondre. Elle avait un regard particulier, un peu vague, presque inquiétant par son absence d'émotion. Sa façon de parler était plus que surprenante. Je décidai d'entrer quand même.

— Allez, assis, là ! dit-elle en riant fort et en me montrant la table.

— Heu, je vais plutôt me mettre sur la chaise, dis-je, un peu perdue.

Elle arrêta alors de me regarder et mangea bruyamment quatre muffins d'affilés, croquant dedans par grosses bouchées et en laissant tomber par terre sans s'en soucier. Puis elle resta là, le regard fixé sur le mur, semblant m'avoir complètement oublié. Je ne savais pas quoi faire, me sentant extrêmement mal, ne comprenant pas ce qu'il se passait avec sa mère. Était-elle saoule ? Je me levai discrètement, ramenant ma chaise doucement sans qu'elle ne bouge.

— Je vais y aller Madame, je voulais voir Ethan, mais il ne semble pas être là, je repasserai.

— C'est ça, casse toi, marmonna-t-elle en continuant à fixer le mur.

Quand elle se retourna, mon sang se glaça dans mes veines. Son ton était franchement malveillant et tous mes poils se hérissèrent de peur quand j'aperçus ses yeux qui scintillaient d'une lueur jaunâtre. Ils semblaient irréels, je n'avais jamais vu une chose pareille. Qui était cette femme, ou plutôt qu'était-elle ? Je me dirigeai vers la porte et sortis avec précipitation, restant quelques instants devant la maison.

— Sarah ? Qu'est-ce que tu fais là ?

Ethan venait d'arriver avec un sac de courses, comme si tout était parfaitement normal. Je le considérai en silence, incapable de formuler ce que je venais de voir.

Il fronça les sourcils, s'approcha de moi et me parla plus rudement.

— Réponds-moi, qu'est-ce que tu fais là ? Tu es venue pour quoi ?

— Un professeur nous a dit que tu ne reviendrais plus. Je... j'étais inquiète pour toi, et je voulais te revoir avant que tu ne partes. J'avais peur que tu ne sois déjà plus là. J'ai toqué et ta mère m'a ouvert.

Ses yeux s'agrandirent immédiatement puis devinrent durs et inquisiteurs.

— Tu es entrée ?

— Oui.

Il se passa la main dans les cheveux, se balançant d'un pied sur l'autre quelques instants.

— Mon père n'était pas là ?

— Non, je ne pense pas, du moins je ne l'ai pas vu.

— Qu'est-ce que ma mère t'a dit ?

— Pas grand-chose, mais…

— Mais quoi ?

— Elle m'a insulté.

Il me regarda froidement, mais je vis la douleur dans ses yeux.

— Tu n'aurais pas dû entrer. Laisse-moi tranquille maintenant.

Il me bouscula presque pour passer et se dirigea vers sa maison d'un pas décidé.

Je ne voulais pas qu'il parte comme cela, je ne comprenais rien à ce qu'il se passait, mais il semblait furieux contre moi alors que je n'avais rien fait de mal.

Il ouvrait la porte quand quelque chose céda d'un coup en moi. Je m'effondrai littéralement, secouée de violents sanglots, restant agenouillée dans l'allée, incapable de bouger ni même de réfléchir. Toute l'incompréhension, toutes les émotions accumulées ces derniers temps se déversaient d'un coup en moi.

Le monde environnant semblait avoir disparu et une tristesse extrême s'était emparée de mon âme. Je n'avais pas su lui dire ce que je ressentais pour lui, je n'en avais même pas eu le temps. Les larmes continuaient à couler quand soudain Ethan s'agenouilla à côté de moi. Je me relevai et sans réfléchir, me lovai dans ses bras. Il parut déconentancé et ne bougea d'abord pas, mais quelques secondes plus tard, il referma ses bras autour de moi en un écrin protecteur. Sa chaleur et son parfum me rassurèrent, mais je continuais à pleurer violemment, sans pouvoir me contrôler. Je hoquetais tellement que je faillis vomir à plusieurs reprises, mais il ne me lâchait plus, me berçant presque dans un doux mouvement.

Nous étions restés ainsi une dizaine de minutes.

— Je suis désolé Sarah, je ne veux pas que tu souffres, cela me fait tellement de mal de te voir comme ça. Pourquoi es-tu venue ? me dit-il avec une douceur teintée de souffrance.

— Je ne pouvais pas te laisser partir comme ça, je t'aime Ethan, tu as raison, je ne suis pas ton amie, je ressens quelque chose de bien plus fort pour toi, il fallait que je te le dise ! dis-je la voix embuée.

— Tu ne peux pas m'aimer, je te l'ai dit, il ne le faut pas. Tu mérites mieux que ça. Mieux que moi.

— À cause de ta mère, c'est ça ? C'est elle qui était hospitalisée ? Tu dois t'occuper d'elle et tu ne veux pas m'imposer ce que tu considères comme un fardeau ? Réponds-moi, s'il te plaît, c'est trop dur pour moi de ne pas savoir. On pourrait partager tes problèmes et les résoudre ensemble.

— Arrête Sarah…

— Non, je n'arrêterai pas, ta maman est malade, mais cela ne doit pas t'empêcher de vivre, pourquoi te punis-tu ainsi ? Pourquoi me punis-tu ainsi ? Tu ne peux pas rejeter toutes les personnes qui tiennent à toi, ce n'est pas une vie !

J'étais essoufflée, je sentais mes yeux gonflés et je frissonnais autant de stress que de froid.

— Je suis maudit, je n'aurai jamais de vie, alors à quoi bon ? lança-t-il soudain, se dégageant de moi.

— Comment peux-tu dire ça ? Tu es devant moi bien vivant, tu vas au lycée, tu construis un avenir. Bien sûr que si, Ethan, tu as une vie ! Tant qu'on est vivant, on a une vie ! Regarde-moi, pourquoi est-ce que je suis revenue te voir, pourquoi est-ce que malgré tous les efforts que tu as faits pour me décourager de t'aimer, je suis encore là à essayer de te parler ?

Il se passa nerveusement la main dans les cheveux en baissant la tête.

— Tu parles d'un avenir, maugréa-t-il. Tu ne sais rien de moi Sarah. Tu penses que je peux être le prince charmant dont tu as toujours rêvé, mais il faut que tu te réveilles, on ne vit pas dans un conte de fées ici ! Pourquoi t'obstines-tu ainsi ?

Il me prit les mains et me regarda de façon presque implorante et reprit : « S'il te plaît, rentre chez toi, et oublie-moi. Je veux que tu sois heureuse. »

Mon cœur fit un bond dans ma poitrine et un vertige me saisit. J'avais l'impression de parler à un sourd, que rien de ce que je lui disais ne l'atteignait.

— Tu as entendu ce que je t'ai dit ?! Je t'aime ! Comment peux-tu me dire de rentrer chez moi comme ça ? Tu crois que je peux t'effacer de ma mémoire en claquant des doigts ? Comme si tu n'avais jamais existé ? Je ne sais pas pourquoi je ressens cela pour toi, j'ai essayé de réprimer les émotions, de les transformer, de les nier, mais rien n'y a fait, tu es toujours là dans mes pensées.

— Je t'en prie, arrête, dit-il en se retournant et en commençant à se diriger vers la porte de sa maison.

J'étais décidée à avoir une réponse, je ne voulais pas qu'il fuie encore une fois et je le rattrapai, lui prenant le bras et me plaçant devant lui.

— Je ne te laisserai pas partir comme ça, pas sans savoir ce qui te fait penser que tu ne mérites pas d'être aimé, lui dis-je d'une voix que j'espérais décidée.

Il essaya de nouveau de se dégager, mais je tins bon et le rattrapai de nouveau. En l'espace d'une seconde, me prenant par les épaules, il me retourna et me plaqua contre le mur de la maison, me faisant presque mal. Sa force me coupa le souffle et je le regardai, une lueur de peur s'allumant au fond de mes yeux.

— Ma mère a... Elle est... laisse tomber, dit-il en se détournant de moi.
— Quoi ? Qu'est-ce qu'elle a ? Et en quoi cela va pourrir ta vie pour toujours ? Réponds-moi ! J'ai demandé au service de neurologie, ils m'ont dit que ta mère était hospitalisée là. Elle est malade, c'est ça ? Et toi aussi ? Réponds-moi s'il te plaît, lui demandai-je d'une vois implorante, des sanglots dans la voix.

Il se retourna, hésitant. Je le sentais plein de colère et la peur m'envahit de nouveau en repensant aux yeux étranges de sa mère.

— Sarah, ma mère est agressive, folle à lier parfois, et cela s'aggrave avec les années. C'est comme un démon qui la ronge de l'intérieur la transforme sans qu'elle ne puisse rien y faire. Et nous non plus. On assiste à cela en priant tous les jours pour qu'elle nous revienne. Mais rien n'y fait ! On a presque tout essayé, mais rien n'y a fait, cela s'aggrave avec le temps. Sa mère et la mère de sa mère étaient pareilles. C'est héréditaire, hurla-t-il d'une voix déchirée par ses émotions contradictoires. Tu sais ce que ça veut dire héréditaire ?! Tu penses toujours à notre avenir radieux maintenant ? Tu vas continuer à me dire que j'ai une vie magnifique qui m'attend ?

J'étais comme figée, n'arrivant plus à réagir durant quelques secondes, mais me repris rapidement, ne réalisant pas encore complètement les implications de ce qu'il venait de me révéler. Tout cela dépassait l'entendement, j'étais terre à terre et ce qu'il me racontait heurtait violemment mon système de pensée.

— Ethan, je suis désolée... commençai-je en lui prenant la main. C'est pour ça que tu quittes le lycée ? Parce que tu penses ne pas avoir d'avenir ? Et pourquoi consulte-t-elle en neurologie, qu'est-ce qu'elle a Ethan ?

— Nous avons été voir les médecins, pour savoir s'ils pouvaient faire quelque chose, encore. Ils essayent un traitement qui calme ses pulsions agressives, mais pas complètement, pas tout le temps. Et cela la rend éteinte le reste du temps. Mais c'est notre seul espoir de la garder avec nous pour le moment.

— Quelle est sa maladie ? Tu peux me le dire, je suis là pour t'écouter.

Je me rapprochai de nouveau de lui, sans le toucher pour autant, sentant une telle colère et un désespoir si profond l'envahir que j'avais envie de le prendre dans mes bras et de le bercer doucement pour l'apaiser. Mais il recula de nouveau violemment.

— À quoi tu joues Sarah ? Ça sert à quoi ? Tu as vu ma mère ? Tu veux de cette vie-là avec moi, c'est ça ? Regarde-moi dans les yeux et dis-moi que tu as envie de vivre avec un fou qui n'arrivera plus à te parler ou t'agressera ? Est-ce que tu as envie de passer tes jours et tes nuits à me surveiller dans la crainte, alors que je ne serai plus moi-même ? Est-ce que tu es prête à me voir partir à petit feu durant de longues années alors que je ne te reconnaîtrai même plus ? C'est de ça que tu rêves ? Dis-le-moi !! Ose me regarder en face et me dire que cet avenir est le nôtre ! me dit-il en me secouant tandis que mes larmes recommençaient à couler.

Il avait raison, je ne savais pas quoi répondre. Tout cela me prenait de court et me dépassait complètement. J'étais venue pour avoir des réponses, mais jamais je n'avais soupçonné cela. Je le regardai, comme paralysée, la bouche entrouverte, incapable de bouger. Je ne pouvais m'empêcher de le regarder avec le filtre de ce que je venais d'apprendre pour sa mère.

— Tu vois… dit-il simplement avant de me lâcher. Il me regarda une dernière fois avec un profond désespoir au fond des yeux et rentra chez lui.

J'entendis la porte claquer. Je n'avais pas su réagir, le rassurer. Mais la nouvelle était trop dure à encaisser. La rencontre avec sa mère m'avait profondément secouée. Au bout de quelques minutes, je regardai les fenêtres, mais rien ne bougeait derrière les rideaux. J'imaginais qu'Ethan me regardait peut-être, mais rien n'était moins sûr. J'avais été en dessous de tout, il m'avait confié son douloureux secret et je n'avais rien répondu. Absolument rien.

– 25 –

En rentrant chez moi, je n'arrivais pas à réfléchir posément. Est-ce qu'il était vraiment sûr d'être touché un jour ? Et si oui, à quel âge ? Depuis quand sa mère était-elle ainsi ? Trop de questions tournaient dans ma tête. Je ne pouvais en parler à personne, jamais je ne me le serais permis. Son secret resterait intact. Je montai directement dans ma chambre et prétextai un mal de ventre pour ne pas manger. Je passais la soirée et une partie de la nuit sur internet à lire des articles sur les malédictions et la magie, un monde dont je n'avais jamais soupçonné l'existence.

Ce que je retenais était cauchemardesque. Beaucoup de sites semblaient fumeux, mais des témoignages de familles détruites apparaissaient régulièrement dans les archives de diverses villes proches de Fairbanks. Comment pouvait-on se construire ainsi ? Tout était-il inscrit, joué d'avance ? Je comprenais d'un coup les errements de son cœur, cette volonté farouche de m'empêcher de l'aimer. Il était persuadé qu'il finirait comme sa mère et ne voulait pas imposer cela à quelqu'un qu'il aimait. C'était pour ça qu'il n'avait que des aventures sans lendemain, ne prenant ainsi aucun risque affectif.

Mais n'avait-il pas raison de penser comme cela ? Je me souvins de sa dernière question : était-ce l'avenir que je souhaitais ? Étais-je prête à tenter quelque chose avec lui malgré l'épée de Damoclès qui se tenait au-dessus de sa tête ? Qu'est-ce que cela voulait dire, aimer quelqu'un ? Espérer le meilleur ensemble ou savoir qu'on affronterait tout, y compris le pire, main dans la main ? Ma peur de la perte était énorme et je ne savais pas si j'étais capable de la surmonter pour vivre le présent sans penser à l'avenir. Désespérée, partagée entre la colère contre ces choses qui m'enlevaient les êtres aimés et la sensation de ne pas avoir été à la hauteur lors de notre dernière conversation, je me couchai en tentant de trouver le sommeil.

Ma nuit fut agitée, peuplée de monstres menaçants et hurlants et je sortis de mon lit plus fatiguée encore. Mais une chose avait changé. Mes sentiments étaient plus clairs, mes pensées limpides. Je savais ce que j'allais dire à Ethan. Je n'étais pas forte, j'avais terriblement peur de la perte, et j'avais conscience que la vie était fragile, compliquée, incertaine. Il fallait que je le voie, je lui devais une réponse.

– 26 –

Le lendemain matin, en me réveillant, mon cœur ratait un battement sur deux. J'étais décidée à aller voir Ethan, mais je ne savais pas comment faire pour lui parler après notre entrevue de la veille. J'avais été en dessous de tout. Je n'avais pas su trouver les mots pour le convaincre que je l'aimais, mais l'aimais-je vraiment, au point d'accepter qu'il devienne un jour comme sa mère et que mon quotidien soit rythmé par ses crises ? Pour me détendre, je fis une queue de cheval haute et mis mon sweat préféré, celui que j'avais sur moi quand je l'avais rencontré la première fois. J'avais été trompée par sa fausse assurance et son côté rebelle qui m'avait tout d'abord agacé. Il jouait un rôle constamment pour repousser ceux qui auraient pu l'aider. Est-ce que je voulais l'aider ou l'aimer ? Je ne pouvais pas me tromper, je ne pouvais pas lui faire cela. Mon père était en bas en train de déjeuner.

— Bonjour papa.
— Bonjour, ma chérie, bien dormi ?
— Oui, mentis-je. Je dois aller voir quelqu'un, maintenant.
— Tu ne déjeunes pas, c'est si pressé que ça ?
— Oui, désolée, cela ne sera pas long, je pense, mais il faut vraiment que j'y aille. À tout à l'heure !

Je n'entendis qu'un vague grognement signifiant qu'il n'était pas content, mais qu'il jugeait que j'étais trop décidée pour avoir ne serait-ce que l'envie de tenter de m'en dissuader. Mon père était quelqu'un de compréhensif et calme, je savais que dans mon malheur, j'avais eu beaucoup de chance qu'il tienne le coup et s'occupe si bien de moi. Est-ce qu'Ethan en serait capable si nous avions un jour des enfants ? Que leur arriverait-il si je disparaissais et qu'il tombait malade comme sa mère ?

En arrivant devant la maison d'Ethan, je m'arrêtais un instant pour observer les fenêtres. Les rideaux étaient tirés et personne n'était à l'extérieur. La rencontre avec sa mère était encore gravée en moi et j'eus honte de me rendre compte que je ne souhaitai pas la rencontrer de nouveau. Comment pouvais-je être aussi égoïste et immature ? Étais-je sûre de ce que j'allais lui dire ? Doucement, presque timidement, je m'approchai de la porte et pris une profonde inspiration en toquant sur le bois clair de l'entrée. J'entendis un bruit de pas derrière la porte et reculai imperceptiblement en entendant la serrure s'actionner.

— Bonjour, me dit un homme de l'âge de mon père, le regard franc et bienveillant. Je suppose que vous êtes Sarah ?

— Il vous a parlé de moi ? demandai-je décontenancée.

— Oui, il n'était pas dans son assiette hier, c'est le moins que l'on puisse dire.

— Je suis désolée, dis-je en baissant la tête sur mes mains tremblantes, pleine de honte.

— Je m'apprêtais à faire demi-tour quand l'homme me mit une main sur l'épaule.

— Non, restez, s'il vous plaît. Je voudrais vous remercier.

Interloquée, je le regardai sans y croire. Me remercier de quoi ? D'avoir rendu son fils fou de colère ? De n'avoir pas su gérer une situation tendue ? D'être trop lâche pour répondre de but en blanc quand celui que j'aime me demande de lui prouver mon amour ?

— Vous avez su toucher mon fils. Merci, reprit-il. Cela faisait très longtemps que je ne l'avais pas vu pleurer. Vous savez, on a longuement parlé après votre rencontre d'hier. Ne vous en voulez pas, votre réaction est naturelle. Et le simple fait que vous soyez là ce matin est une grande preuve de courage. Je sais qu'Ethan n'est pas simple. Il repousse farouchement toutes les filles qui auraient envie d'autre chose que de…

— Désolé, s'excusa-t-il en voyant mes joues s'empourprer. Je ne voulais pas être grossier, mais vous devez certainement être au courant de sa réputation. Cela me désole, vous savez. Ethan est un bon garçon. Mais il ne s'en rend plus compte. Il pense qu'il ne vaut rien et que personne ne l'aimera, car sa mère est malade.

— Qu'est-ce qu'elle a ? demandai-je timidement. Vous n'êtes pas obligé de me répondre, mais Ethan n'a pas voulu me le dire.

— Ce n'est pas un secret pourtant, et ce n'est pas honteux. Ma femme est malade, elle a ce que l'on appelle une démence fronto-temporale héréditaire. C'est une pathologie rare, qui affecte ses émotions, sa perception du monde, son langage, et bien d'autres choses. Ethan a dû vous dire que c'était difficile au quotidien. Très difficile même. Mais vous savez, il y a peut-être quelque chose que je dois vous dire. J'aime ma femme. Encore maintenant, quand je la regarde, mon cœur bat pour elle. Je l'admire, je sais qu'elle combat ce qui la ronge tous les jours et toutes les nuits. Elle a des moments de lucidité parfois, où je la retrouve pleinement, et même s'ils sont rares, ils sont mon moteur au quotidien. Je n'ai jamais cessé de l'aimer, et je n'ai jamais regretté ne serait-ce qu'une seule seconde de l'avoir épousé.

Les larmes coulaient maintenant sur mes joues. En les essuyant, je vis qu'Ethan se tenait au pied de l'escalier derrière son père. Celui-ci se retourna en suivant mon regard et ouvrit les bras quand il vit son fils s'approcher, les yeux humides et les cheveux en bataille. Ils s'étreignirent quelques minutes puis son père hocha la tête et lui tapota affectueusement le dos avant de nous laisser tous les deux. Je m'avançai hésitante vers Ethan dont les yeux me fixaient avec intensité. Il ne bougeait pas, attendant que je vienne à lui, me regardant avec un mélange d'anxiété et de désir. Il semblait presque fiévreux.

— Ethan, commençai-je, je…
Il fit un pas vers moi et me passa une main derrière la tête, mettant un doigt léger sur ma bouche.
— Attend avant de parler, je veux faire ça avant, au cas où…
Et sans attendre ma réponse, il m'embrassa avec douceur. Ses lèvres caressaient les miennes avec tendresse et volupté, et nos mains se lièrent dans un même élan. Pris par le désir qui montait en nous, nos baisers devinrent plus profonds et intenses et je m'écartai de lui à contrecœur pour le regarder dans les yeux.
— Ethan, repris-je, laisse-moi parler lui soufflai-je en lui souriant.
— Cela ne va pas être facile, j'ai envie de bien autre chose tout de suite, me dit-il l'air moins inquiet. Mais avant, j'ai aussi quelque chose à te dire. C'est bien que tu sois revenu, je suis désolé pour hier, je ne me suis pas contrôlé, j'ai eu peur, avoua-t-il.
— Peur ? De moi ?
— De nous, de ton amour qui me semble trop beau pour être gâché…
— Tu ne comprends pas que rien ne peut le gâcher ? Si on aime quelqu'un que quand il est en bonne santé et que tout va bien, et qu'au premier obstacle on renonce, alors ce n'est pas de l'amour. En tout cas c'est comme ça que je vois les choses. Je t'aime Ethan, et j'en suis sûre. Ce n'est pas une maladie qui changera ça.
— Ce n'est pas n'importe quelle maladie, tu sais…
— Oui, je sais. Je ne connais pas ce truc, mais il y a une chose dont je suis sûre, c'est qu'on a du temps devant nous et qu'il

serait stupide de ne pas vivre notre vie et notre amour à cause de quelque chose qui n'arrivera peut-être pas. Tu m'entends ? lui demandai-je alors que ma voix menaçait de se briser.

— Et si ça arrivait ? reprit-il. Est-ce que tu m'aimerais quand même ? Je veux dire, même si je n'étais plus tout à fait celui que tu aurais connu ?

— Toujours, répondis-je en l'embrassant délicatement sur la main. Toujours.

– Epilogue –

Trente ans plus tard, je me souviens encore parfaitement de cette journée. Fougueusement, nous nous sommes embrassés, puis, dans l'intimité de sa chambre, nous nous sommes aimés. Pour la première fois, avec douceur et tendresse. Je n'aurais pas pu rêver de meilleure première expérience tant il a été doux et attentif à mes sensations et mes désirs. Sans barrières, sans peurs, l'espace d'un instant, nous ne faisions plus qu'un. Nous avons vécu des années magnifiques, entre insouciance et inquiétude. Ethan n'a jamais fait le test génétique qui aurait pu nous prédire notre avenir. Une chance sur deux. Nous avons préféré vivre chaque instant, chaque moment, pleinement et sans nous poser de questions. Je ne regrette rien. Je ne regretterai jamais rien, ni notre amour, ni les moments difficiles de la fin. Chaque minute passée en sa compagnie a été comme une étincelle de bonheur dans mon existence. Encore maintenant, il suffit que je pense à lui, à nous, pour retrouver le bonheur que nous avons vécu ensemble. Notre amour n'a pas été vaincu par la maladie. Il vit dans chaque arbre, chaque fleur, chaque rue qui m'entoure ici. Il vit aussi au travers de notre fille, qui n'est pas atteinte de la maladie de son père. Nous avions fait un diagnostic préimplantatoire afin d'en être certains. Notre amour vit, toujours et à jamais.

<u>FIN</u>

Impression : BoD - Books on Demand, Norderstedt, Allemagne

Dépôt légal : Décembre 2021